AF289092

© 2009 Monika Mühldorfer

1. Auflage

Herstellung und Verlag:

Books on Demand GmbH, Norderstedt

ISBN-13: 97 8383 910 5870

© Cover: Christine M. Lampe

Bibliografische Information der Deutschen Nationalbibliothek
Die Deutsche Nationalbibliothek verzeichnet diese Publikation in der
Deutschen Nationalbibliografie; detaillierte bibliografische Daten sind
im Internet über http://dnb.d-nb.de abrufbar.

LEKTIONEN

Kriminalroman

von

Monika Mühldorfer

Carmen schloss ihren Wagen ab, suchte die Fenster ihres Wohnblockes nach verräterischen Bewegungen ab, beruhigte sich wieder, als sie sich einigermaßen sicher war, dass sie nicht beobachtet werden würde und versuchte schließlich, so unbemerkt wie möglich in ihre Wohnung zu gelangen. Doch kurz vor ihrer Türe wurde sie, wie jeden Tag, wie aus dem Nichts von ihrem Nachbarn angesprochen: „Na, Frau Meier? Wie war´s heut´ in der Schul´?"

Carmen versuchte, wie jeden Tag, freundlich zu antworten: „Gut, Herr Schnawiski! Sie wissen doch, als Lehrerin hat man den besseren Part in der Anstalt!"

Herr Schnawiski lachte laut, als hätte Carmen einen sehr guten Witz in die Welt entsendet. Sein Schnauzbart hüpfte wild auf und ab und gab einige, der von Zigarettendunst bereits braun eingefärbten Zähne zur Sicht frei. Carmen schauderte und bedauerte gleichzeitig seine Gattin. Sie erinnerte sich in diesem Moment, dass sie diese bereits länger nicht mehr gesehen hatte. „Wie geht's denn eigentlich Ihrer Frau? Ich habe sie seit Wochen nicht mehr gesehen!"

Das Lachen verstummte so abrupt, dass Carmen sogleich bereute, diese Frage je gestellt zu haben. Ein kleines Gefühl riet ihr zur Vorsicht und Bedacht bei weiteren Fragen. Herr Schnawiski murrte kaum verständlich: „Sie ischt bei ihrer Schwester. Nächschte Woch´ will sie wieder kommen!"
Noch ehe Carmen etwas erwidern konnte, war die Tür zur Nachbarwohnung verschlossen und Carmen auch schon alleine im Hausflur zurückgelassen. Carmen war es mehr oder weniger egal, wo sich Frau Schnawiski aufhielt, trotzdem wunderte sie sich noch immer, als sie bereits ihre eigene Wohnung betrat. Ihr Nachbar war sehr eigen und

sehr dominant in seiner Ehe. Dass er zuließ, dass seine Frau für mehrere Tage alleine zu ihrer Schwester fuhr, war ungewöhnlich. Doch Carmen wollte nicht weiter über ihren Nachbarn nachdenken. Tief seufzend ließ sie ihre schwere Tasche auf ihren Schreibtisch fallen und zog die Arbeiten heraus, die heute noch korrigiert werden mussten. „Als Lehrerin hast du doch immer ab Mittag frei!", wiederholte sie die Worte ihrer Schwester vom Vortag. Wenn die wüsste, wie mühsam jeden Tag mehr dieser Beruf wurde! Warum hatte sie nur diesen Weg gewählt? War sie sich damals schon bewusst, wie anstrengend ein halber Tag sein konnte? Dabei war sie immer noch eine beliebte Lehrkraft und hatte eher weniger Probleme mit ihren Schülern. Es gab da einige Kolleginnen, die fast täglich im Lehrerzimmer heulend und völlig fertig saßen und sich tagtäglich überlegten, ob sie am nächsten Tag wieder kommen sollten. Diese Frage stellte sich für Carmen absolut nicht. Sie liebte ihre Arbeit und sie liebte es, Entwicklungen an ihren Schülern beobachten zu dürfen. Dass es den einen oder anderen schwierigen Fall gab, gehörte doch dazu! Nur dann schätzte man auch die positiven Tage! Dass nicht alles zu lösen war, musste einfach akzeptiert werden! Nur in diesem Stapel vor ihr lag einer, an dem sie fast zu verzweifeln glaubte! Martin Stransky! Sohn eines stadtbekannten Fabrikanten, mit materiellen Geschenken überhäuft und einem überzogenen Hauch der Arroganz gesegnet, oder einfach lediglich unerzogen, oder einfach nur auf der Suche nach Grenzen? Carmen hatte immer wieder seine Schulakte studiert, manche Maßnahme ihrer Kollegen und ihres Direktors sehr kritisch gesehen und nun war auch sie selbst, mit all ihren angeblichen pädagogischen Weisheiten am Ende! Martin stand eigentlich nur noch ein Jahr vor dem Abitur! Sollte sie ihm das Vorrücken verwehren, müsste er die Schule verlassen, zu häufig hatte

Martin bereits wiederholt! Dieses Jahr war seine letzte Chance endlich in den letzten Jahrgang vorzurücken. Dazu einen großen Teil beitragen würde die ihr nun vorliegende Klausur! Er stand bis zu diesem Tag auf null Punkten! Er hatte bisher noch keine Frage einer Klausur beantwortet und mündliche Beiträge sogar deutlich verweigert! Wie sollte Carmen ihm nur auch einen Punkt ins Zeugnis schreiben, wenn er diese Arbeit wieder ohne Antworten abliefern würde? Aber es war nicht nur Carmens Benotung ausschlaggebend. Sie hatte sich nach Unterrichtsschluss mit ihrer befreundeten Kollegin Krause unterhalten, die ein ähnliches Problem mit Martin in Englisch hatte. Carmens Neugierde wuchs immer mehr an. Hastig suchte sie in den Papieren nach Martins Arbeit. Als sie das Blatt endlich fand, wurde sie blass vor Schreck. Auf dem Blatt stand in roter Schrift: *Du blöde Fotze! Was bildest du dir eigentlich ein, mir so doofe Fragen zu stellen! Das ist unter meinem Niveau und beantworte ich nicht! Du wirst dich noch wundern über mich! M. S.*

Carmens Hände zitterten! Warum ließ sie sich von diesen harmlosen Worten nur so erschrecken? Es waren nur die Worte eines dummen Jungen, der noch keine Ahnung hatte, wie schwer er es ohne Schulabschluss haben würde! Carmen zückte ihr Handy und tippte die Nummer von Renate ein. Renate nahm bereits beim zweiten Läuten ab. „Ja? Carmen? Bist du schon zu Hause? Ich bin noch immer im Lehrerzimmer! Hast du es schon gehört?"

„Ja, ich bin es! Es ist kurz nach drei Uhr, klar bin ich zu Hause! Ich wollte dir nur von der neuesten Schote meines Lieblingsschülers berichten! Was soll ich gehört haben?", wunderte sich Carmen.

Renate atmete schwer, ihre Stimme zitterte ein wenig. „Die Polizei ist da und vernimmt einen nach dem anderen von uns! Unser Chef ist tot!"

Carmen schrie auf. „Was? Was sagst du da? Wieso? Ich habe heute Morgen doch noch mit ihm gesprochen!"

„Frau Gruber hat ihn tot in seinem Schreibtischstuhl gefunden! Aber frag mich nicht, was passiert ist!", berichtete Renate mit unsicherer Stimme.

„Aber es muss doch etwas passiert sein, sonst wäre die Polizei nicht da!", kombinierte Carmen schnell. „Und haben sie dich auch schon befragt?"

„Nein, ich bin die Nächste, die zu dieser Beamtin muss! Wir sind hier alle noch unter Schock! Was wolltest du mir denn über Martin sagen?", versuchte sich Renate abzulenken.

„Ach ... das ist jetzt nicht mehr wichtig! Er spinnt, wie immer!", wiegelte Carmen ihre Freundin ab! „Kommst du vorbei, wenn du fertig bist, und erzählst mir alles? Ich koche auch etwas für uns!"

Renate sagte, ohne zu zögern, zu. „Gute Idee! Alleine möchte ich jetzt auch nicht nach Hause!"

Carmen konnte bereits wieder lachen. „Wieso? Herr Hofmeister ist in der Arbeit gestorben! Also komm lieber von da weg!"

„Oh je! Meinst du, es hat was mit der Schule zu tun? Ob wir vielleicht im Blick eines Amokläufers sind?"

Carmen musste sich beherrschen, nicht noch alberner zu werden. „Renate! Dann würdest du nicht mehr mit mir telefonieren! Vermutlich wären wir dann beide tot oder zumindest ich, weil ich geglaubt hätte, ich könnte den Amok laufenden Schüler überzeugen, aufzuhören! Aber jetzt komm endlich wieder runter, beantworte die Fragen der Polizei, und dann berichte mir alles!", ermahnte sie Renate deutlich.

Renate lenkte ein. „Gut ... ich muss jetzt sowieso rein! Vermutlich in einer Stunde bin ich bei dir!"

Carmen legte das Telefon zurück in die Station, als sich die Türklingel schrill meldete. Ohne weiter zu überlegen drückte sie den Knopf für die Türsprechanlage. „Hallo? Wer ist da?", fragte sie in die Sprechschlitze hinein.

Sie lauschte den Geräusche durch den Lautsprecher, es waren vermutlich mehrere Personen vor ihrer Haustüre. Nach einer kleinen Verzögerung meldete sich eine Frauenstimme. „Hallo, Frau Meier! Hier ist Kriminalhauptkommissarin Liebert! Kann ich zu Ihnen in die Wohnung kommen? Es war ein Vorfall in Ihrer Schule, zu dem ich sie kurz sprechen möchte!"

Carmen spürte, wie sich die Haut in ihrem Gesicht leicht erhitzte! Obwohl sie sich ja keinerlei Schuld zuschreiben lassen musste, war es ein seltsames Gefühl, die Polizei vor der Türe stehen zu haben. Doch trotz dieses Gefühls drückte sie den Türöffner und antwortete gleichzeitig: „Ja, natürlich! Kommen Sie hoch! Zweiter Stock, linke Seite!"

Carmen wartete in ihrem Wohnungseingang darauf, dass die Türe des Aufzuges sich öffnen sollte. Doch zu ihrer Überraschung näherten sich rasche Schritte über den Treppenaufgang. Einen Augenblick später stand die angekündigte Frau Liebert in voller Lebensgröße vor ihr. „Hallo Frau Meier! Schön, dass Sie gleich Zeit haben!"

„Kommen Sie wegen meines Chefs?", fragte Carmen spontan und biss sich, auf sich selbst wütend, auf die Zunge. Warum wartete sie nicht erst einmal ab, was die Polizistin sie fragen würde?

Frau Liebert aber ließ sich ihre eventuelle Überraschung über Carmens Vorkenntnisse nicht anmerken. „Sie haben bereits davon gehört? Warum sind Sie denn dann nicht in der Schule geblieben, wie Ihr Kollegium?"

Carmen gab den Weg in Ihre Wohnung frei, Frau Liebert trat sofort ein. „Ich habe eben erst davon erfahren. Eigentlich wollte ich nur meine Kollegin zum Essen einladen, habe sie angerufen und dann gehört, dass sie noch im Lehrerzimmer ist und auf ihre Befragung wartet." Frau Liebert wirkte zufrieden, drang ungefragt weiter durch den Flur tiefer in Carmens Wohnung ein, und wählte schließlich einen Platz an ihrem Esstisch in ihrer Wohnküche. Carmen versuchte, höflich die Gastgeberin für ihren ungebetenen Gast zu spielen. „Kann ich Ihnen etwas anbieten? Wasser? Kaffee?"

„Wasser wäre super, danke!", lächelte die Beamtin sogar. Nachdem Frau Liebert einen großen Schluck genommen hatte, begann sie kurz entschlossen mit ihrer Befragung. „Ich habe gehört, dass Sie heute Morgen noch mit Herrn Hofmeister gesprochen haben! Um was ging es?"

Carmen schluckte tief. Sie erinnerte sich nur zu gut an die Auseinandersetzung mit ihrem Vorgesetzten. „Eigentlich haben Herr Hofmeister und ich immer das gleiche Thema!"

„Hatten! Er ist tot, Frau Meier! Und welches Thema war das?", fragte Frau Liebert noch immer lächelnd, doch ihr Ton war fordernd.

„Wir haben ... ich meine, wir hatten unterschiedliche Vorstellungen über die Umsetzung unseres pädagogischen Auftrags. Er wollte einigen meiner Schüler die Versetzung verweigern!"

„Und Sie waren hierüber anderer Meinung?"

Carmen überlegte, wie sie dieses Thema dieser pädagogischen Laiin vermitteln sollte. „Ich denke, dass es nicht viel bringt, schon diesen jungen Menschen diese Versagensängste zu vermitteln. Ich glaube, jeder hat eine Chance verdient! Und wenn es irgendwie geht, sollte man besonders unseren Nachwuchs bestärken, dass er etwas erreichen kann!"

„Was war heute Morgen konkret das Problem? Ich habe gehört, dass es sogar ziemlich laut geworden sei! Das war doch sicher nicht in einer grundsätzlichen Debatte begründet?", wusste Frau Liebert.

Carmen schluckte wieder. War sie nun bereits verdächtigt? „Es ging um den Schüler Stransky. Hier war ich einmal der Meinung, dass ein weiterer Verbleib in der Schule sinnlos wäre! Herr Hofmeister legte mir nahe, mit der Information, dass die Familie bereits eine höhere Spende in Aussicht gestellt hätte, dass ich alle Augen zudrücken sollte! Aber was soll ich denn tun, wenn dieser Krüppel einfach nichts tun will?"

Frau Liebert grinste. „Kann denn nicht eine Note besser ausfallen? Kontrolliert es denn jemand nach?"

Carmen stöhnte. „Genau das hat Herr Hofmeister heute auch gefragt! Aber ich zeige ihnen mal seine letzte Arbeit! Wie soll ich das noch besser benoten, als mit null Punkten? Es ist in diesem Fall sogar bedauerlich, dass ich keine Minuspunkte vergeben kann!" Carmen stand wütend auf, ging entschlossen zu ihrem Schreibtisch und kehrte mit dem Zettel, der eine Klausur darstellen sollte, zurück.

Frau Liebert nahm das Stück Papier an sich und staunte. „Das soll eine Klausur sein? Das hört sich fast schon nach einer Drohung an, Frau Meier! Wollen Sie nicht Anzeige erstatten?"

Carmen wurde lockerer und entgegnete entspannt: „Ach ... das ist harmlos! Ich bin schon oft härter bedroht worden, aber bisher ist noch nie etwas geschehen! Ich denke, die Angst kann einen eher in Gefahr bringen, als die Realität!"

„Na ja! Herr Hofmeister ist tot!", kommentierte Frau Liebert schlicht.

Carmen zuckte zusammen. „Was ist denn überhaupt geschehen? Aus Ihren Andeutungen könnte ich fast entnehmen, dass er ermordet worden ist!"

„Ist er auch! Aber ich darf Ihnen zu diesem Zeitpunkt der Ermittlungen noch nicht mehr sagen! Bis jetzt haben wir noch keine genauen Anhaltspunkte! Und alle in seinem Umfeld sind damit mehr oder weniger verdächtigt!"

„Aber ich doch nicht etwa auch?", entrüstete sich Carmen.

Frau Liebert lächelte nur. „Ich muss dann mal wieder weiter! Ich lasse Ihnen meine Karte da, falls Ihnen noch etwas einfällt! Vielen Dank für Ihre Geduld!"

Kaum hatte Frau Liebert Carmen verlassen, klingelte es erneut. Carmen drückte wieder den Knopf an der Sprechanlage. „Ja? Wer ist da?"

„Ja, wer schon! Ich bin es ... Renate!", beschwerte sich die Freundin ein wenig.

Carmen drückte den Türöffner und sah auf die Uhr. Es war tatsächlich bereits über eine Stunde verstrichen. Als sich die Tür des Aufzuges öffnete und Renate aus ihm heraus trat, entschuldigte sich Carmen umgehend: „Sorry, aber ich habe noch nichts gekocht! Wollen wir uns etwas bestellen?"

„Gibt es denn um die Zeit schon etwas zu bestellen? Und was hast du denn den ganzen Nachmittag über getan?", fragte Renate fast schon vorwurfsvoll.

„Ich hatte Besuch von einer Polizistin!", erklärte Carmen und gab erneut den Weg in die Wohnung frei. „Komm doch rein, dann suchen wir uns einen Lieferservice und erzählen uns alles! Ich habe langsam auch richtig Hunger!"

„Wenn du meinst ... gut, dann komme ich rein! Ich hätte Lust auf ein Schnitzel!", lenkte Renate fordernd ein.

Carmen musste grinsen. Sie kannte Renates Stimmungsschwankungen bereits seit Jahren, störte sich anfangs daran, doch nun mochte sie diese sogar ein wenig. „Gut, bekommst du! Es gibt sogar dafür bereits einen Lieferservice und ich bekomme dort auch meinen Lieblingssalat! Hast du vielleicht auch Lust auf etwas Süßes? Ich brauche nun etwas!"

„Wäre nicht schlecht!", antwortete Renate fast schon gereizt und ließ sich erschöpft in das Sofa fallen.

13

Carmen indes schnappte sich ihr Telefon und wählte aus ihrem Telefonbuch *Heidi´s Cateringservice für den ganzen Tag.* Während das dumpfe Tuten in ihrem Hörer das Anläuten signalisierte, erinnerte Carmen sich an Hannes. Er hatte sich immer ähnlich verhalten, wenn Carmen bei seiner Heimkehr noch kein Essen servierte. Warum hatte sie Hannes dieses Verhalten nie gestattet, doch bei Renate lächelte sie einfach? Im nächsten Augenblick meldete sich der Cateringservice und Carmen konnte endlich ihre Bestellung durchgeben. Heidi, eine ehemalige Freundin ihres Cousins, war sogar selbst am Telefon und versprach ihr, in spätestens einer halben Stunde das Essen zu liefern. „Und? Was hast du erfahren? Haben sie dir gesagt, wie unser Chef sein Leben verloren hat?", fragte Carmen, als sie sich zu Renate auf das Sofa setzte.

Renate seufzte tief auf. „Diese blöde Kuh von Beamtin hat mich befragt, als wäre ich verdächtig!"

Carmen grinste. „Frau Liebert, die Kommissarin bei mir, hat erklärt, dass momentan jeder verdächtig ist! Also nimm es nicht persönlich! Aber hat deine vielleicht etwas verraten?"

„Sie hat gesagt, dass er ermordet worden sei. Die Sekretärin hat ihn am Schreibtisch gefunden! Er hatte das Kabel des Telefons um den Hals gewickelt!", verriet Renate nun doch ein weiteres Detail.

„Echt? Dann muss es ja eher ein männliches Wesen gewesen sein! Erwürgen benötigt Kraft! Und Herr Hofmeister war doch sehr groß und kräftig gebaut! So einfach kann es nicht gewesen sein! Aber warum hat Frau Gruber denn nichts gehört? Hat sie nicht gesehen, wer bei ihm war?", wunderte sich Carmen nachdenklich.

„Mann? Vermutlich könnte eine wütende Frau das schon auch schaffen!" Renate lächelte sogar ein wenig, doch als sie Carmens ermahnenden Blick bemerkte, wurde sie wieder ernst. „Frau Gruber hat jemanden gesehen! Mich! Deshalb hat mich diese Polizistin ja auch so in die Mangel genommen."

„Warum warst du denn bei ihm? Hat er dich auch ermahnt, dass du bessere Noten vergeben sollst?", wollte nun auch Carmen wissen. „Und kennst du eine Frau, die ihn ermorden wollte?"

Renate atmete tief aus. „Ich wollte mit ihm wegen dir sprechen! Ich habe doch mitbekommen, wie doof er dich angemacht hat! Da wollte ich ihm meine Meinung dazu kundtun!"

„Spinnst du? Was mischt du dich da ein? Was meinst du, was er nun von mir hält?", empörte sich Carmen.

Renate lachte leise. „Jetzt denkt er sicher nichts mehr! Und ich wollte dir nur helfen!"

„Ich brauche doch deine Hilfe nicht!", erklärte Carmen immer wütender. „Und ich finde nichts zum Lachen an der jetzigen Situation. Wie geht es denn eigentlich nun weiter? Wer vertritt Herrn Hofmeister?"

„Ja wer wohl? Anita Krause! Seine Stellvertreterin!", wusste Renate nüchtern. „Außerdem hatte es heute Morgen einen ganz anderen Anschein! Du sahst sehr eingeschüchtert aus! Und wen hast du gleich angerufen, als du Martins vergeigte Arbeit gesehen hast? Mich!"

„Das bedeutet nicht, dass du für mich sprechen sollst! Ich wollte nur mit jemandem darüber reden und nicht, dass du für mich handelst!", klärte Carmen ihre Kollegin deutlich auf. „Aber du hast mir noch immer nicht verraten, welche Frau ein Motiv hätte!"

Renate lächelte weiter. „Du! Ich! Alle Kolleginnen, denen er nachgestellt hat! Frau Gruber, die er tagtäglich gequält hat! Anita Krause, die nun seine Nachfolgerin ist!"

„Anita? Du spinnst!", widersprach Carmen deutlich. „Da hätte ich noch mehr Motive! Aber ich war es sicher nicht, da du ihn nach meinem Treffen ja noch lebend gesehen hast!"

„Na dann war es wohl doch ich! Ich finde dich so klasse, dass ich dir helfen wollte! Als er mich nur ausgelacht hat, bin ich ausgetickt und habe ihn mit dem Kabel seines Telefons erwürgt!", erzählte Renate fast schon genüsslich.

„Du ...", setzte Carmen verstört an, doch dann klingelte es wieder an der Wohnungstüre. Carmen gönnte beiden eine Pause und setzte sich in Bewegung. Ohne nachzufragen, drückte sie den Knopf des Türöffners. In Erwartung der Essenslieferung öffnete sie die Wohnungstüre. Der Aufzug knarrte unter seiner weiteren Last nach oben. Als sich die Tür öffnete, staunte Carmen überrascht. „Was willst du denn hier?"

Die Besucherin murrte ein wenig. „Störe ich? Hast du es schon gehört? Hast du Zeit? Jürgen ist auf Dienstreise und kommt erst übermorgen zurück! Ich will nicht alleine sein!"

„Komm rein, Anita! Renate ist auch da! Wir essen gemeinsam und planen, wie es nun weitergehen kann!"

„Renate?", wiederholte Anita zögernd. „Glaubst du, dass das eine gute Idee ist, wenn ich dann reinkomme?"

Carmen wunderte sich immer mehr. „Habt ihr zwei ein Problem miteinander? Was ist los mit euch?"

„Problem? Ich mit ihr keines, aber ..."

„Ich habe auch kein Problem mit dir, Anita!", mischte sich Renate aus dem Flur plötzlich ein. „Nicht mehr!", ergänzte sie ein wenig leiser.

„Ich habe wohl einiges verpasst!", stellte Carmen fest. Wieder klingelte es. Nun musste es tatsächlich das Essen sein. Carmen drückte wieder den Knopf des Türöffners. Der Aufzug setzte sich wieder in Bewegung und kurz darauf öffneten sich wieder quietschend die metallenen Türen. Eine große Thermobox ging voraus, darunter waren zwei dünne Beine zu erkennen. „Frau Meier? Ich habe hier Ihre Bestellung!", erklärten die Beine hinter der Box.

„Wir sind hier! Kommen Sie her!", forderte Carmen die Box auf.

Die Box bewegte sich auf sie zu und senkte sich kurz vor den wartenden Frauen. Nun wurde eine schmächtige, blonde und sehr blasse Person sichtbar. „Soll ich es Ihnen nicht in die Wohnung tragen?", fragte der Lieferant mit kräftiger Stimme.

Renate und Anita waren sich ausnahmsweise einig und antworteten gleichzeitig. „Wir nehmen es gleich selbst mit rein!"

„Gut, dann bekomme ich dreiundfünfzig Euro!" Der Lieferant war bereits dabei, die kleinen silbernen Päckchen aus der Box Anita und Renate in die

17

Hände zu drücken, während Carmen sich auf die Suche nach ihrer Geldbörse machte.

Als sie zurückkehrte, fragte Renate zweifelnd: „Hast du bereits gewusst, dass wir mehr als zwei Personen sind?"

Und in der Tat wirkten die beiden bereits sehr überladen. Doch Carmen lachte nur: „Ich habe doch gesagt, dass ich Hunger habe! Und nun passt es doch, dass es etwas mehr ist! Und außerdem kenne ich die Chefin, die gibt immer noch etwas extra mit!"

Der Lieferant wurde ungeduldig. „Haben Sie das Geld?"

„Ja, klar!" Carmen drückte ihm einen großen und einen kleinen Fünfer in die Hand. „Der Rest ist Trinkgeld!"

„Danke!", murmelte der Lieferant und lächelte sogar ein wenig.

Als sie die Türe geschlossen, und damit die Welt wieder dahinter weggesperrt hatten, beschwerte sich Renate. „Spinnst du? Wie kannst du nur so viel Trinkgeld geben?"

Anita lachte laut los. „Was geht dich das denn an? Habe nun ich etwas verpasst und ihr lebt zusammen?"

Carmen versuchte, zu schlichten. „Ihr seit schlimmer als meine pubertäre achte Klasse! Renate, es geht dich wirklich nichts, aber auch gar nichts an, wie viel Trinkgeld ich gebe! Außerdem seid ihr beide meine Gäste und ich hoffe, ihr benehmt euch nun! Und eigentlich haben wir doch wichtigere Themen!"

„Das stimmt allerdings!", stimmte Renate kleinlaut zu.

„Habt ihr schon einen Verdacht?", fragte nun Anita bereits ganz bei dem wichtigeren Thema.

Carmen packte ein Päckchen nach dem anderen aus und präsentierte die Speisen in der Mitte des Tisches. „Nehmt euch, von was ihr wollt!"

„Hast du denn mehr Informationen als wir?", fragte nun Carmen ganz direkt Anita.

„Keine Ahnung!", erklärte Anita offen. „Was wisst ihr denn?"

Noch ehe Renate etwas einwerfen konnte, berichtete Carmen: „Herr Hofmeister wurde von Frau Gruber mit einem Telefonkabel um seinen Hals an seinem Schreibtisch gefunden. Ich habe heute Morgen mit ihm gesprochen und später war auch Renate bei ihm. Beide Gespräche waren nicht gerade sehr toll verlaufen! Ich vermute, dass es ein Mann war, da diese Art des Tötens viel Kraft und Energie erfordert!"

„Warum führst du nicht die Ermittlungen? Ich zweifle daran, dass die Polizei richtig ermittelt!" Anita kaute genüsslich auf dem Stück Fleisch, das sie sich nach ihrer Frage in den Mund geschoben hatte.

Renate überlegte laut. „Du kombinierst gut und kennst alle! Mehr als die Polizisten! Und du liebst Krimis! Keine schlechte Idee!"

„Ich fand Frau Liebert eigentlich sehr kompetent! Und warum soll ich deren Arbeit machen? Ich habe doch auch gar keine Rechte, Menschen zu befragen!"

„Aber mehr Interesse an einer Auflösung! Und es macht doch Spaß dieses Rätsel zu lösen!", fieberte Anita fast schon dem Abenteuer entgegen.

„Und warum machst du es dann nicht selbst?", fragte Carmen grinsend.

Anita rollte mit den Augen. „Weil Jürgen nicht ewig auf Dienstreise ist und nach seiner Heimkehr mal wieder meine volle Aufmerksamkeit will!"

„Sei doch froh! Viele Frauen würden sich die Aufmerksamkeit ihres Mannes wünschen!", ermahnte Carmen ihre neue Vorgesetzte.

Anita lachte wieder. „Die wünsche ich mir auch! Wirklich, die würde ich mir auch wünschen, aber meistens bleibt es bei der Einbahnstraße!"

„Warum bleibst du dann bei ihm?", fragte Renate fast schon bissig. „Wenn es so schlimm ist, dann jammer nicht!"

Carmen wollte schon wieder eingreifen, doch Anita legte beschwichtigend ihre Hand auf ihre Schulter. „Wir sind nun seit einer gefühlten Ewigkeit zusammen, Renate! Ich verlasse Jürgen doch nicht wegen einer schlechten Phase!"

„Wenn die Phase irgendwann zu lange dauert, sollte auch eine Frau ihre Konsequenzen ziehen! Warum ist er eigentlich momentan so viel auf Dienstreisen?", zweifelte Renate trotzig weiter.

„Er hat einen neuen Job!", antwortete Carmen nun doch für Anita. „Willst du morgen eine Lehrerkonferenz einberufen? Wie soll es überhaupt ablaufen? Ganz normaler Unterricht oder sollen wir den Schülern etwas sagen? Die haben doch den

Polizeiauflauf auch bemerkt und es kursieren sicher schon Gerüchte!"

„Stimmt! Das ist ja mein Problem, das ich mit euch beraten wollte!", grübelte Anita nachdenklich. „Ich denke, dass wir die erste Stunde ausfallen lassen und darin eine einheitliche Aussage für die Schüler entwickeln."

„Gute Idee!", stimmte Renate zu. „Wir müssen eine gemeinsame Geschichte erzählen, ansonsten werden wir unglaubwürdig!"

„Und was mache ich nun mit Martin Stransky? Ich kann ihn nicht durchkommen lassen!"

„Ach Carmen! Warum denn nicht? Wir brauchen die Spende seines Vaters! Es ist doch egal, ob er dieses Jahr rausfliegt oder nächstes Jahr durchs Abi rasselt!", jammerte Anita fast schon angeschlagen.

„Du bist auch dieser Meinung?", staunte Carmen erschrocken. „Das ist nicht gerecht, Anita!"

„Was ist schon gerecht?", zweifelte Anita. „Herr Hofmeister hatte viele gute Ideen, doch ihr habt ihn immer nur gehasst! Es ist nicht einfach, mit den knappen Geldern die Schule am Laufen zu halten und neue Schüler zu bekommen! Auch wir sind inzwischen in einem Wettbewerb, nur hat das Kollegium, ganz in Watte gebettet, das noch nicht bemerkt!"

„Weil uns Gelder gekürzt wurden, sollen wir schlechte Schüler durchs Abi mogeln? Willst du das damit sagen?", fragte Carmen nun ganz direkt.

„Nicht durch das Abi! Aber einfach mal ein Auge zudrücken!", antwortete Anita überhaupt nicht mehr zögerlich, sondern bestimmt.

„Wie schnell sich Meinungen mit Positionswechsel ändern können!", kommentierte Renate nicht ganz neutral.

In Carmen stieg eine enorme Wut aus ihrem Bauch über den Magen, weiter über die Speiseröhre, bis in ihren Hals hoch. Sie musste einfach heraus. „Geh!", presste sie hervor. „Verlasse sofort diese Wohnung!"

„Was ist denn, Carmen? Du musst doch ...", setzte Anita sich zur Wehr.

Doch Carmen wollte keine weitere Erklärung. „In meiner Freizeit muss ich nichts, was du willst! Verlasse jetzt diese Wohnung! Du kannst mir morgen früh wieder sagen, was du denkst! Dann werde ich dir vielleicht auch zuhören, aber nun will ich meinen Frieden! Raus!"

Anita senkte kurz ihre Augen, schluckte tief, doch dann lenkte sie ein. „Gut ... wenn du das willst! Schade, ich mag unsere Freundschaft und ich hoffe, sie hält diese Situation aus!"

„Wenn nicht, wäre es keine Freundschaft!", meldete sich Renate wieder zu Wort. Es hörte sich fast erfreut an, doch Carmen wollte es diesmal nicht wahrhaben.

Anita erhob sich und ging zur Tür. Kurz bevor sie sich hinter sich schloss, sagte sie noch: „Bis morgen! Hoffentlich klären wir dieses Problem noch!"

Carmen lenkte ihren Wagen in die kleine Einfahrt des Schulhofes. Vorsichtig ließ sie sich den kleinen Hügel hinunterrollen. Oft schon musste sie hier eine Vollbremsung einlegen, da ausgelassene Kinder ihr vor die Motorhaube gelaufen waren, doch heute wirkte der Hof wie ausgestorben. Carmen warf einen kurzen Blick auf die Uhr über ihrem Autoradio, doch diese bestätigte sie nur in ihrem Zeitgefühl. Es war kurz nach halb acht. Für gewöhnlich waren um diese Zeit bereits viele Schüler im Hof und warteten auf Einlass. Doch heute waren keine Kinder und Jugendliche sondern lediglich einige Polizeiwägen mit eingeschaltetem Blaulicht zu erkennen. Der Eingang ins Schulgebäude war mit einem rotweißen Band versperrt. Carmen trat auf die Bremse und suchte nach einem Platz für ihren Wagen. Oder sollte sie umkehren? War das Gebäude noch für den Unterricht gesperrt? Aber Herr Hofmeister wurde in seinem Büro gefunden, warum sollten dann die Klassenzimmer nicht betreten werden dürfen? Carmen fand einen freien Platz ganz am Ende der Lehrerparkplätze. Noch ehe sie ihre Türe öffnen konnte, wurde diese von außen aufgerissen. Renate überfiel sie regelrecht. „Es muss wieder etwas passiert sein!"

Carmen fühlte sich überfahren. „Lass mich doch erst einmal ankommen! Warum soll etwas passiert sein und warum bist du denn heute schon da?"

„Ich wollte mit Anita Frieden schließen und sie fragen, ob ich sie vielleicht unterstützen kann!", gestand Renate nun etwas verlegen.

„Unterstützung? Anita? Du?" Carmen rollte die Augen. „Süße, sie kann dich vielleicht unterstützen, aber wie willst du ihr helfen? Sie muss nun eine ganz eigene neue Rolle übernehmen. Ich habe mir heute Nacht noch viele Gedanken gemacht und auch beschlossen, mich bei ihr zu entschuldigen!"

„Warum?", fragte plötzlich eine fremde Stimme.

Erschrocken drehte sich Carmen um und entdeckte hinter ihrem Wagen Frau Liebert. „Guten Morgen!", entgegnete Carmen statt einer Antwort.

„Wer sind Sie?", fragte Renate nicht minder erschrocken.

Frau Liebert lächelte auf eine sehr sympathische Weise. „Mein Name ist Simone Liebert!"

Carmen ergänzte: „Das ist die Beamtin, die mich gestern befragt hat!"

„Aha! Warum habe ich dann so eine Kratzbürste zugeteilt bekommen und du so eine nette Person?", frotzelte Renate frech.

Doch die Polizeibeamtin lachte nur. „Ich kann das schon auch sein! Und meine Kollegin war gestern nur schlecht drauf! Auch als Polizistin ist man nur ein Mensch!"

„Können wir heute Unterricht halten oder ist das Gebäude gesperrt?" Carmen wollte endlich wissen, wie ihr Tag nun verlaufen würde. Insbesondere deshalb, da nun doch immer mehr Schüler eintrafen. „Wir müssen langsam unseren Schülern sagen können, wie der Tag heute verläuft!"

Frau Liebert nickte verständnisvoll. „Schicken Sie alle Schüler nach Hause! Ich denke nicht, dass heute noch ein Unterricht in diesem Haus stattfinden kann!"

„Warum? Herr Hofmeister wurde im Bürotrakt umgebracht! Der hat doch nichts mit dem Schulgebäude zu tun!", fragte Renate vorwurfsvoll.

Doch Simone Liebert bewahrte ihre Kontrolle und Ruhe. „Kümmern Sie sich zunächst um Ihre Schüler! Dann kommen Sie bitte in die Aula! Wir werden Sie und Ihre Kollegen in einem Schwung aufklären!"

„Eigentlich sollte Frau Krause den Schülern den unterrichtsfreien Tag mitteilen!", warf Carmen ein.

Frau Liebert zog angestrengt ihre Augenbrauen zusammen. „Es wäre schön, wenn Sie das übernehmen könnten, Frau Meier! Ich glaube nicht, dass Frau Krause diese Aufgabe übernehmen kann!"

Carmen überlegte, ob sie den Grund für Anitas Verhinderung erfragen sollte, doch mit einem Blick in Frau Lieberts entschlossenen Augen, verkniff sie sich jede weitere Frage. „Gut, dann stelle ich mich an den Eingang und schicke die Schüler wieder nach Hause.

„Ich komme mit!", beschloss Renate. „Alleine schaffst du das doch nie!"

Etwa eine halbe Stunde später trafen Renate und Carmen in der Aula ein. Carmen versuchte, die anwesenden Personen zu erfassen. Da waren viele Kolleginnen und Kollegen in Gespräche vertieft, fremde uniformierte Polizisten und Beamte in Zivil, die sich zusammen rotteten. In einer Ecke war das Hausmeisterehepaar im Gespräch mit der verstört wirkenden Frau Gruber. Dahinter, etwas versteckt, erkannte Carmen Herrn Schnawiski. „Was macht der denn hier?"

Renate folgte dem Blickwinkel ihrer Augen. „Du meinst deinen nervigen Nachbarn? Der ist doch seit

25

letzter Woche die Hilfskraft für unseren
Hausmeister! Eineurojobber!"

„Echt?", wunderte sich Carmen. „Ich wusste nicht
einmal, dass er arbeitslos ist!"

„Das wusste sogar ich! Er quatscht doch mit jedem,
den er in eurem Hausflur trifft!" Renates Worte
trafen Carmen und ihr soziales Gewissen. Sie
beschwerte sich ständig über den Egoismus der
Gesellschaft, ermahnte ihre Schülerschaft zu mehr
Solidarität und doch wusste sie nichts über ihren
eigenen Nachbarn.

Dann erkannte sie: „Ich kann ihn einfach nicht
ausstehen und bin froh, wenn ich ihn hinter der
Wohnungstüre im Flur stehen lassen kann! Noch
mehr ... manchmal habe ich sogar Angst vor ihm! Er
ist so neugierig und will ständig wissen, wie es mir
geht, was ich tue oder wie mein Tag war!"

„Eigentlich doch ganz nett! Aber ich verstehe dich
schon! Er ist schon seltsam!", gestand Renate ein.

Doch dann wurde ihr Gespräch von einem lauten
Krachen aus den Schullautsprecher unterbrochen.
Herr Karl, der Hausmeister, setzte sich schimpfend
in Richtung Regler in Bewegung und dämpfte die
Lautstärke der Aulamikrofone, sodass Frau Liebert
die Anwesenden ohne weitere Tonstörung begrüßen
konnte. „Guten Morgen meine Damen und Herren!",
schallte ihre Stimme nun angenehm durch den
Raum.

Carmen suchte die Aula weiter ab, doch konnte
Anita einfach nicht finden. „Wo ist Anita?", flüsterte
sie Renate fragend zu. Doch diese zuckte nur mit
den Schultern und forderte Carmen mit einer wilden
Geste auf, der Polizeibeamtin zu zuhören!

„Sie haben sicher bereits von dem gestrigen Ableben von Herrn Hofmeister gehört!", erklärte Simone Liebert in einem sehr ruhigen Ton. „Sie wundern sich sicher auch, warum wir Sie nicht in das Schulgebäude vorlassen können! Ihre Hausmeister, Herr Karl und Herr Schnawiski, haben heute Morgen bei ihrer Morgenkontrolle leider wieder einen schrecklichen Vorfall entdecken müssen." Frau Liebert legte eine Pause ein, ließ ihre Augen durch den Raum schweifen, ihre bisherigen Worte wirken. Wäre sie gefallen, man hätte die berühmte Stecknadel fallen hören, so groß war die Spannung. „Ich muss Ihnen nun die traurige Nachricht übermitteln, dass Frau Anita Krause, ebenfalls tot, im Lehrerzimmer aufgefunden wurde!"

„Nein!", hörte Carmen sich selbst kreischen. Dann war nichts mehr existent! Kein Laut, keine Stimme, kein Gesicht! Nur noch Stille! Eine gefühlte Ewigkeit danach fühlte Carmen Menschen mit ihren fragenden Augen auf sich starren. Was wollten sie nur alle von ihr? Sie konnte es sich doch selbst nicht erklären! Sie verstand doch auch nicht, warum sie mit Anita nicht mehr sprechen konnte! „Frau Meier beruhigen Sie sich doch!", hörte Carmen nun doch zu sich durchdringen. „Ruft jemand einen Arzt?", fragte die nahe Stimme nun in den Raum.
Renate fühlte sich offenbar angesprochen. „Ja, mach ich! Aber was soll ich sagen?"
„Dass Ihre Kollegin einen akuten Schock erlitten hat! Und sagen Sie auch, dass ihr Puls sehr flach ist!", forderte die Stimme Renate auf.
Carmen fühlte nur noch, sie war nicht mehr in der Lage, sich an diesem Gespräch zu beteiligen. Ihre Gedanken begannen zu kreisen. Bilder flackerten vor ihren Augen auf. Ihr erster Arbeitstag an dieser Schule. Sie war unsicher und sich überhaupt nicht im Klaren, ob sie an dieser Lehranstalt richtig gelandet war, nachdem sie Herr Hofmeister begrüßt

hatte. Doch dann führte Anita sie in das Kollegium ein, hieß sie warm willkommen und weihte sie in die kleinen Geheimnisse ein, mit denen der Umgang mit ihrem neuen Umfeld um einiges erleichtert wurde. Anita, wie sie in langen Nächten mit ihr über die neuesten pädagogischen Erkenntnisse diskutierte. Anita, die Frau, die neben Renate nach ihrer Trennung von Hannes eine große Stütze war. Anita, wie sie am letzten Abend sich noch einmal umdrehte und ihr einen Blick und einige Worte zuwarf. Was hatte sie nur noch gesagt? Carmen konnte den Bildern keine Worte zuordnen. Ihr Gehirn war ohne Worte! Ohne eine Erklärung für das Unfassbare.

„Was ist passiert? Wie lange ist sie schon nicht mehr ansprechbar?", fragte eine dunkle, männliche Baritonstimme.

Die Stimme von eben meldete sich wieder zu Wort. „Hallo, ich bin Hauptkommissarin Liebert. Ich musste den Anwesenden eine schlechte Nachricht mitteilen, danach ist Frau Meier, vermutlich aufgrund des Schocks, umgekippt! Sie hat noch kurz aufgeschrien, dann ist sie umgefallen, sehr hart mit dem Kopf auf den Boden aufgeprallt und seitdem reagiert sie nicht mehr!"

Carmen spürte Finger an ihrem Hals grapschen. Sie wollte das nicht, war aber einfach nicht in der Lage, etwas dagegen zu unternehmen. Die Baritonstimme fragte weiter: „Und sie hat überhaupt nicht mehr reagiert?"

„Nein ... Sie hat einmal kurz ihre Augen geöffnet, aber schien niemanden wahrzunehmen! Seitdem liegt sie nur noch da! Was ist denn mit ihr?", fragte nun Renate besorgt.

Carmen wollte antworten, dass nichts sei, dass sie einfach nur wahnsinnig verstört war, dass sie einfach nicht fassen konnte, dass überhaupt ein Mensch in ihrer Nähe, zu so etwas Verrücktem wie Mord in der Lage war. Doch ihr Körper reagierte einfach nicht! Jemand aus ihrer Nähe?

Carmens Gehirn begann wieder zu arbeiten. Es musste jemand aus ihrem eigenen Umfeld sein, denn es gab nun zwei Opfer aus diesem. Ob ein Schüler kurz vor dem Ende des Schuljahres damit von seiner eigenen Unfähigkeit ablenken wollte? Wer wollte gleichzeitig etwas gegen Herrn Hofmeister und Anita unternehmen?

Carmen benötigte Informationen! Dringend! Sie wollte wieder sprechen können! Doch so sehr sie sich auch bemühte, ihr Mund wollte ihr noch immer nicht gehorchen!

„Dann nehmen wir sie auf jeden Fall für weitere Untersuchungen mit ins Krankenhaus!", erklärte die Baritonstimme bestimmt. Carmen wollte widersprechen, spürte eine Nadel an ihrem Arm eindringen, und fühlte plötzlich nichts mehr. Es wurde wieder ruhig.

„Guten Abend! Haben Sie sich wieder ein wenig erholt?", hörte Carmen aus der Ferne. Sie öffnete ihre Augen und sah das lächelnde Gesicht von Frau Liebert. Carmen sah sich weiter um und erkannte nichts, außer grün angestrichenen kahlen Wänden. Über ihr hing eine Klingel. Sie war im Krankenhaus!

„Wo bin ich denn? Was ist passiert?", fragte Carmen spontan, obwohl sie natürlich wusste, wo sie war und sie erinnerte sich auch wage an die Geschehnisse des Morgens.

„Können Sie sich noch an den Morgen erinnern?", wollte Frau Liebert nun wissen, ehe sie selbst eine Antwort gab.

Carmen versuchte sich aufzurichten, spürte einen schmerzhaften Stich an ihrem Hinterkopf und bewegte sich langsamer. Sie spürte Frau Lieberts forschenden Blick, beobachtend auf sich gerichtet, und es war ein wenig unangenehm. Carmen versuchte, von sich abzulenken und wiederholte ihre Frage. „Was ist passiert? Ich meine ... mit Anita? Ich erinnere mich sehr wohl daran, dass Sie heute Morgen erklärt haben, dass sie tot im Lehrerzimmer gefunden wurde ... was ist passiert, verdammt nochmal? Sie war gestern Abend noch bei mir und heute soll sie tot sein?"

„Ich habe gehört, dass Sie sich im Streit von ihr getrennt haben?", wusste Frau Liebert bereits.

Carmen schluckte tief. „Hat das Renate erzählt?"

Frau Liebert lachte leise. „Sie war auch da, nicht wahr? Haben Sie zu dritt gegrübelt, wer Herrn Hofmeister ermordet hat?"

„Wer hat was über mich oder uns gesagt?", wollte nun Carmen unbedingt wissen. „Ich finde es nicht witzig, irgendwelche Vermutungen über mich in den Raum gestellt zu wissen!"

„Ist es auch nicht! Insbesondere, wenn man dadurch des zweifachen Mordes verdächtigt wird!", pflichtete ihr Frau Liebert sehr ernst bei.

„Spinnen Sie?", entfleuchte Carmen unkontrolliert.

Frau Lieberts Lächeln gefror und sie fuhr sich mit ihren Händen angestrengt über ihr Gesicht. „Ich ... glaube das nicht! Aber mein Vorgesetzter! Er hat sich alle Aussagen vorlegen lassen und hat bisher als einzige gemeinsame Komponente Sie erkannt! Sie hatten offenbar mit beiden Personen gestern Streit!"

„Streit ist übertrieben! Aber dann wäre Renate oder auch viele Schüler verdächtig! Herr Hofmeister hatte jeden Tag mit mindestens zehn Menschen eine Diskussion! Und mehr hatte auch ich nicht mit ihm! Wir hatten unterschiedliche Meinungen ..."

„Das weiß ich! Und ich habe auch verstanden, dass Sie und Frau Krause befreundet waren! Ihr Mann hat mich intensiv darüber aufgeklärt! Aber trotz allem sind Sie nun auf der Liste der Verdächtigen ganz oben und wenn es auch nur Mangels anderer potenzieller Täter ist!", versuchte die Kommissarin, sie zu beruhigen.

Doch Carmens Kreislauf war bereits in Wallung! „Aber ich bin nicht die Einzige! Es gibt viel mehr Menschen! Und im Ernst ... auch Renate hatte mit beiden Diskussionen!"

„Das weiß aber niemand außer Ihnen, Frau Meier!", gab Frau Liebert zu bedenken. „Wo waren Sie gestern zwischen zwölf und eins?"

„Im Lehrerzimmer! Ich hatte eine Freistunde, da ich diese Stunde an Renate für eine Klausur abgegeben habe! Und dann ... bin ich nach Hause! Ich wollte die Arbeiten korrigieren. Dann habe ich Renate angerufen, wollte ihr von Martins bodenloser Leistung erzählen und habe von der Ermordung von Herrn Hofmeister erfahren!", erinnerte sich Carmen.

„Frau Huber hatte eine Stunde von Ihnen abgetreten bekommen? Das hat sie nicht erzählt! Aber hat Sie denn im Lehrerzimmer jemand gesehen? Was haben Sie getan, als Frau Krause und Frau Huber Sie gestern Abend verlassen haben?"

Carmen atmete tief und angestrengt ein. Sie wusste, dass sie sich mitten in einer Vernehmung befand und dass keine ihrer Antworten einen Fehler erlaubten. Sie musste sich an Details erinnern. An jedes, nur so konnte sie diesen Wahnsinn beenden. „Gut ... Ich bin gegen eins nach Hause gekommen! Habe mir die Arbeiten durchgesehen! Dann habe ich Renate Huber angerufen, die erklärt hat, dass sie nach ihrer Vernehmung zu mir kommen würde! Dann kamen Sie! Wir haben uns unterhalten! Es war gegen drei, dass Renate bei mir ankam! Ich habe etwas zu Essen bestellt ... Ich dachte, dass die Essenslieferung kommen würde ... es muss also etwa kurz vor vier gewesen sein, dass Anita ... Krause bei mir eintraf! Wir haben uns unterhalten, unser Wissen zusammengetragen, diskutiert und sind uns auch ein wenig in die Haare geraten!"

„Um was ging es?", fragte die Polizistin dazwischen.

„Sie deutete an, dass sie in Sachen Martin Stransky mit Herrn Hofmeisters Meinung übereinstimmte. Darüber wollte ich auch heute noch mit ihr reden, denn in der Nacht wurde mir bewusst, wie unbedeutend dieser Rotzlöffel eigentlich ist!

Warum sollten wir uns wegen eines solchen Wurms in die Wolle kommen? Nächstes Jahr wird er sowieso durchs Abi rauschen!"

„Wann verließ Frau Krause etwa ihre Wohnung? Wie lange blieb Frau Huber noch? Wie war ihre Meinung zu dem Schüler Stransky?"

Carmen runzelte fast schon verzweifelt ihre Stirn. Details waren nicht ihre Spezialität! „Es muss etwa sieben gewesen sein! Wir waren mit dem Essen fertig und haben uns damit schon Zeit gelassen! Renate blieb bis etwa zehn? Ich denke das passt!"

„Hm ... deckt sich mit den Angaben Ihres Nachbarn! Wie gut kennen Sie eigentlich Herrn Schnawiski?" Überrascht von dem Themenwechsel richtete sich Carmen noch weiter auf. Ihr Kopf schmerzte wieder, sodass sie leise aufstöhnte. „Geht es denn noch? Die Ärzte meinten, Sie hätten sich mit dem Aufprall ein übles Hämatom am Hinterkopf zugezogen!"

„So übel meldet es sich auch gerade! Aber Herr Schnawiski ... er wohnt seit drei Jahren neben mir, hält mich Tag für Tag im Flur auf, ist neugierig, seine Frau ist seit einigen Wochen nicht mehr sichtbar und er zu meiner Überraschung seit heute in meiner Schule als Hilfskraft tätig. Ich wusste nicht einmal, dass er arbeitslos ist!"

„Ist Ihnen nie aufgefallen, dass er Sie Tag für Tag befragen konnte?", grinste Frau Liebert.

Carmen seufzte tief. „Ich lese zwar gerne Krimis, doch ich bin grundsätzlich nicht sehr neugierig auf das Leben meiner Mitmenschen! Ich lebe lieber selbst!"

Frau Liebert lachte wieder leise. „Herr Krause meinte, dass sie manchmal zu viel Zeit mit seiner

Frau verbracht haben! Sie waren wohl sehr eng befreundet! Wie eng?"

Carmen grinste. „Ja ... ich weiß! Jürgen war manchmal von Verfolgungswahn und Eifersuchtsanfällen geplagt! Jeder hatte mit Anita ein Verhältnis! Sogar ich oder Herr Hofmeister! Nur weil unser Chef ab und zu mit ihr noch dienstliche Besprechungen hatte und wir uns ab und zu trafen! Zuletzt höchstens einmal im Monat! Ansonsten wäre er ausgeflippt!" Carmen stockte erschrocken! Was hatte sie eben nur erzählt? Sie registrierte Frau Lieberts nachdenklichen Blick. Dann ergänzte sie: „Ich will aber damit nicht andeuten, dass ..."

„Die meisten Kapitalverbrechen geschehen aus persönlichen Motiven, Frau Liebert! Sie lesen doch gerne Krimis! Wer ist meistens der Mörder?"

Carmen überlegte, was sie darauf nur antworten konnte, damit sie Jürgen wieder entlasten konnte. „Ich weiß nicht ... ein Psychopath? Ein Verrückter? Ich weiß nicht, wer Anita so etwas antun wollte! Aber wie ist sie denn nur gefunden worden?"

Frau Lieberts Mimik war noch immer nachdenklich und wurde noch nachdenklicher durch Carmens Frage. „Sie sind im Gegensatz zu Ihrem Umfeld nicht ein Mensch, der andere verdächtigt oder auch nur im Geringsten eine Schuld zuweisen möchte! Aber Sie müssen langsam beginnen, anders zu denken, Frau Meier! Wer hat ein Motiv? Und denken Sie bitte nur einmal auch wie Ihre Kollegen, Ihr Nachbar oder Ihre sogenannte Freundin!"

Carmens Magen verkrampfte sich. „Wie meinen Sie das? Was sagen denn alle über mich?"

„Frau Meier wachen Sie auf! Sie hatten angeblich zwei Auseinandersetzungen! Die dabei involvierten

Personen sind nun tot! Von beiden
Auseinandersetzungen wurden wir ausdrücklich
von Frau Huber informiert! Ihr Nachbar hat mich
über jedes Wort im Flur unterrichtet, das er
mitbekommen hat! Ihre Kollegen haben mich
ausführlichst über Ihre angebliche Affäre mit Frau
Krause und die daraus folgende Ermahnung durch
Herrn Hofmeister aufgeklärt!"

„Ticken die nicht mehr alle? Ich ... wir sind ...
waren nur befreundet! Ganz normal befreundet!
Wir s ... waren Freundinnen und Kolleginnen!",
stotterte Carmen nun schon fast schockiert.
„Und Renate ... sie plappert immer drauf los!
Sie erzählt alles, was ihr einfällt! Sie meint doch
nicht, dass ich Anita umgebracht habe! Ich ...
Herr Hofmeister wurde doch erwürgt! Wie sollte
ich ihn denn überwältigen?"

„Wer hat Ihnen denn das erzählt?", wunderte sich
Frau Liebert.

„Renate ... glaub ich ... mit dem Telefonkabel ...",
war sich Carmen plötzlich selbst nicht mehr sicher.
„War es nicht so?"

Frau Liebert atmete erstmals tief auf, bediente sich
an Carmens Tee und nahm einen großen Schluck.
Dann klärte sie Carmen endlich auf. „Herr
Hofmeister wurde an seinen Bürostuhl gefesselt
aufgefunden. Er wurde tatsächlich mit dem
Telefonkabel erdrosselt. In seinem Mund waren
Papiere gestopft ... Beschwerdeschreiben der Familie
Stransky! Besondere Beschwerdeschreiben, in
denen sie sich über die Lehrkraft Meier
beschwerten!" Carmen musste tief schlucken und
verstand immer mehr die Verdächtigungen der
Polizei. „Auf seiner Brust war ein großer Zettel
angebracht. Darauf stand, dass er nun für immer
seinen Mund zu halten hätte! Frau Krause war im

Lehrerzimmer drapiert worden, aber wurde dort nicht ermordet!"

„Es hat sie jemand dort abgelegt?", kombinierte Carmen.

„Sie ist gestern nie zu Hause angekommen!", klärte Frau Liebert sie weiter auf. Carmen schauderte bei dem Gedanken, dass Anita vermutlich bereits viel Leid erlitt, als sie selbst noch lachend mit Renate zusammensaß. „Der Todeszeitpunkt war zwischen ein und zwei Uhr heute Nacht!"

„Was war dazwischen?", fragte sich Carmen mehr selbst.

Frau Liebert lächelte wieder. „Na, endlich! Ich brauche Sie, Frau Meier! Ich glaube, Sie sind wirklich einer der wenigen Menschen, die den oder die Mörderin kennt! Sie sind nicht meine Verdächtige, aber vermutlich ein Bindeglied!"

„Davon gibt es aber mehr!", widersprach Carmen. „Warum brauchen Sie mich?"

„Weil Sie die einzige sind, die auch ein Interesse an einer Aufklärung hat! Sie sind die einzige, die Frau Krause wirklich mochte! Wer hat ein Motiv?"

„Was geschah nur dazwischen? Wie ist sie gestorben?", bestand Carmen auf die Beantwortung, der für sie wichtigsten Frage.

Frau Liebert seufzte wieder. „Nicht schön! Sie muss gefoltert worden sein! Und gestorben ... vermutlich an den Folgen der Folterungen ... Sie hatte ein Halsband um ihren Hals, das über längeren Zeitpunkt immer wieder zugezogen wurde! Sie wurde, bereits tot, im Lehrerzimmer am Ende des Besprechungstisches gesetzt!"

„Das ist der Platz von Herrn Hofmeister gewesen ...
Sie hätte heute Morgen dort auch während der
Lehrerkonferenz gesessen und diese geleitet! War
bei ihr auch eine Nachricht?"

„Ja ... Auf ihrer Brust war Heuchlerin eingeritzt!",
erklärte Frau Liebert angewidert.

„Eingeritzt? Wer immer es ist, wird brutaler!", stellte
Carmen monoton fest.

Frau Liebert pflichtete ihr bei. „Wer immer es war ...
beim ersten Mal sieht es mehr nach Spontanität
aus! Bei Frau Krause war schon mehr Hass und
Plan dahinter!"

„Warum glauben wir eigentlich, dass es ein Täter
ist?", fragte sich Carmen plötzlich. „Es sind doch
nur sehr wenige Gemeinsamkeiten!"

„Ja ... aber es ist schon sehr ungewöhnlich, dass
in so kurzer Zeit zwei Morde in einer Schule
geschehen! Kennen Sie nun Menschen, die Motive
hätten?"

Carmen versuchte, sich zu konzentrieren. „Gut ...
Jürgen, als Ehemann! Er ist eifersüchtig ohne Ende!
Aber er liebt Anita! Sie foltern? Ich weiß nicht! Aber
er wurde schon immer wieder sehr wütend!"

„So wütend, dass er gewalttätig wurde?"

„Schon seit Jahren nicht mehr! Er hat irgendwann
eine Therapie begonnen, da Anita ihm drohte, ihn
sonst zu verlassen!", wusste Carmen. „Dann wäre
noch unser Lieblingsschüler Stransky!"

„Der Junge, der Ihnen auch diese Nachricht auf der
Klausur zukommen ließ! Ich habe ihn auch auf

meiner Liste und werde ihn noch genauer unter die Lupe nehmen!"

„Aber er würde doch eher mich umbringen! Hofmeister und Anita wollten doch, dass ich ihn durchkommen lasse!"

„Hm ... das ist doch der Wunsch seines Vaters, nicht sein eigener! Vielleicht will er ja rausgeworfen werden!", überlegte Frau Liebert laut.

„Kann sogar sein! Wer weiß schon, was in diesem durchgeknalltem Gehirn abgeht! Dann fällt mir niemand mehr ein!"

„Ich werde auf jeden Fall alle beide genau überprüfen! Vielleicht hat ja einer von beiden kein Alibi! Und nun lasse ich Sie wieder alleine! Und sprechen Sie mit niemandem sonst von der Polizei!"

„Warum? Bin ich wirklich so verdächtig?", wollte Carmen deutlicher wissen.

Frau Liebert lächelte wieder milde. „Ja, sind Sie! Aber ich weiß, dass Sie nicht die Täterin sind! Und passen Sie bitte auf sich auf! Und wenn Ihnen etwas ungewöhnlich erscheint, dann rufen Sie mich an! Egal wann!"

„Das hört sich fast so an, als würden Sie sich Sorgen um mich machen!" Carmen versuchte witzig zu klingen, doch die Polizeibeamtin lachte nicht.

„Natürlich! Um Sie, wie auch um Ihre Kollegen! Doch ein Gefühl sagt mir, dass Sie mehr in Gefahr sind, als andere!"

„Ach was!", beschwichtigte Carmen! „Das ist einfach ein dummer ... ein sehr dummer Zufall!"

„Ihr Wort in Gottes Ohren!", seufzte Frau Liebert tief auf. „Und tuen Sie mir den Gefallen und erzählen niemanden, auch nicht Frau Huber, von den Details von Frau Krauses Ableben!"

„Nein ... von mir erfährt niemand etwas! Und wenn mir jemand anderes außer Ihnen etwas erzählt, ruf ich Sie an! Oder ist diese Person dann nicht verdächtig?"

Frau Liebert lächelte, neigte ihren Kopf zur Seite und drückte Carmens Hand. „Passen Sie auf sich auf! Ich komme morgen Abend wieder und sehe nach Ihnen!"

Renate laberte und laberte vor sich hin, merkte dabei nicht einmal, dass Carmen ihren Worten nicht mehr folgen konnte oder wollte, und bemerkte auch nicht, dass ein weiterer Besuch das Zimmer betreten hatte.

„Hallo ihr beiden! Wie geht's der Patientin? Wann kommst du wieder in den Unterricht?"

Carmen erkannte die Stimme bereits, noch ehe Renate ihn laut und ungestüm begrüßte. „Rolf? Was machst du denn hier? Reicht es nicht, dass du mich während der Schule nervst?"

„Quatsch! Ich freue mich, Rolf! Schön, dass du an mich denkst! Wie war es denn heute während des Unterrichts? Was haben die Schüler gesagt?", meldete sich Carmen.

„Das habe ich doch eben alles erzählt!", mischte sich Renate wichtig ein. „Hast du mir nicht zugehört?"

„Doch natürlich! Aber Rolf hat sicher andere Dinge gehört und erlebt als du ... Und momentan sind doch alle Informationen wichtig!"

„Wenn du meinst ...", überlegte Renate etwas beschwichtigt. „Also was hast du für Neuigkeiten?"

„Ich komme eben vom Polizeipräsidium! Ist ja ein irrer neuer Kasten!" Rolf kam näher, schnappte sich einen Stuhl und rückte an Carmens Bett neben Renate heran. Diese wich angewidert etwas von ihm ab.

„Was hast du denn da gemacht?", wunderte sich Carmen erstaunt.

Rolf brüstete sich fast schon mit seinen Erlebnissen. „Diese leitende Ermittlerin Liebert wollte mich sprechen! Sie hat mich fast über eine Stunde befragt!"

„Und was wollte sie von dir wissen?", fragte Renate fast schon höhnisch.

Rolf aber überhörte ihre deutliche Anspielung und konzentrierte sich auf Carmen. „Sie hat mich besonders nach unserem Liebling Stransky befragt und natürlich nach unseren verstorbenen Kollegen! Es tut mir echt leid, Carmen! Ich weiß doch, wie sehr Anita und du befreundet gewesen seit!"

„Sie waren ganz normale Freunde! Auch nicht enger, als wir befreundet sind!", warf Renate fast schon wütend ein.

Carmen versuchte, eine direkte Erwiderung von Rolf zu unterbinden und damit die Stimmung einigermaßen positiv zu halten. „Hat sie etwas angedeutet? Gibt es schon Verdächtige?"

„Nein ... überhaupt nichts!", berichtete Rolf etwas enttäuscht. „Und der Unterricht heute war auch überflüssig! In jeder Stunde musste über die Vorfälle diskutiert werden!"

„Blödsinn!", widersprach Renate heftig. „Du bist einfach so ein schreckliches Weichei! Bei mir lief alles ganz normal! Die Schüler wissen bei mir, dass sie nichts anderes als normalen Unterricht zu erwarten haben!"

„Du bist dafür auch nicht gerade beliebt!", kommentierte Rolf bissig.

Carmen brummelte: „Ist auch nicht das primäre Ziel unserer Tätigkeit! Aber gibt es denn Gerüchte?"

„Gerüchte?" Rolf grinste auf seine typisch freche Art. „Natürlich! Von einem ehemaligen Schüler, der sich nun an uns rächen will, bis hin zu dir natürlich!"

„Carmen? Wer denkt denn, dass Carmen etwas damit zu tun hat?", kreischte Renate schrill.

Carmens Ohren meldeten einen drohenden Hörsturz, daher versuchte sie, Renate in einem beruhigenden Tonfall aufzuklären. „Kann ich durchaus verstehen! Immerhin werden ja Gerüchte verstreut, dass ich mich mit beiden im Streit getrennt hätte!"

„Was ja auch stimmt!", sprach Renate nun laut ihre Gedanken aus.

„Wirklich?" Rolf wurde hellhörig. „Warum hattest du denn mit Anita Streit? Das sind ja ganz neue Neuigkeiten!"

Carmen ärgerte sich immer mehr über Renates Verhalten. „Die einzige, die dieses Gerücht verbreiten könnte, bist du, Renate!"

„Renate! Renate!", tadelte Rolf die Gescholtene mit einem ironischen Unterton. „Hast du mal wieder dein naives Plappermaul nicht halten können?"

„Idiot!", ärgerte sich Renate und entschuldigte sich doch. „Es tut mir leid! Ich dachte gestern nicht, dass mir dieser Polizist zuhört! Ich habe doch nur Frau Gruber erzählt, dass du vermutlich deswegen umgefallen bist, weil du dich gestern noch mit Anita gezankt hast! Und du bist doch so sensibel!"

„Sensibel? Ich?" Carmen glaubte, sich verhört zu haben.

Rolf musste laut loslachen. „Schon witzig, wie Menschen einen unterschiedlich wahrnehmen! Ich habe dich nun auch nie als übermäßig sensibel empfunden! Übrigens unser Liebling Martin Stransky lässt dir Grüße ausrichten! Er wirkte tatsächlich bestürzt!"

„Glaube ich auch! Er verliert am meisten durch das Ableben seiner Protegés! Ich habe die ganze Nacht darüber nachgedacht, wer den beiden nur nach dem Leben getrachtet haben kann! Es ist doch unglaublich, dass sich so etwas bei uns abspielt! Wir ... leben doch so ... so etwas kommt doch nur im Film vor! Ich kann es wirklich nicht fassen!" Carmen schüttelte zur Unterstützung ihres Gemütszustandes wild mit ihrem Kopf. Ihr wurde ein wenig kalt und sie zog ihre Beine an sich.

„Kann ich etwas für dich tun? Brauchst du etwas?", fragte Rolf plötzlich fürsorglich.

Renate musterte ihn kritisch. „Sie hat hier doch alles! Und was sollst du schon für sie tun können?"

Rolf beachtete sie einfach nicht und erwartete von Carmen noch immer eine Antwort. „Vielleicht etwas zum Lesen? Hast du Geld? Oder brauchst du frische Kleidung?"

Carmen fühlte sich unter Renates Beobachtung dazu genötigt, das lieb gemeinte Angebot abzulehnen. „Nein, wirklich nicht! Ich habe alles, was ich brauche. Meine Schwester war heute schon hier und hat mich mit allem versorgt, was ich für die nächsten Tage benötige!"

„Hm ... vielleicht ein Alibi?", fragte nun Rolf halb lachend. Als er Carmens irritiertes sowie Renates schockiertes Gesicht erkannte, versuchte er, seine

Frage noch mehr abzuschwächen. „Wirklich, das war ein Scherz! Ich würde doch nie ... also wirklich! Im Gegenteil, Carmen, ich mag dich doch! Sehr sogar!"

Carmen glaubte sich verhört zu haben und musste sich vergewissern. „Rolf ... willst du damit andeuten, dass du mich ... sehr magst? Meinst du damit ..."

„Na ja ...", druckste er nun verlegen, mit einem schüchternen Blick zu Renate. „Ich wollte dich eigentlich schon lange fragen, ob wir nicht einmal gemeinsam essen gehen wollen! Und nachdem Hofmeister und Anita so schnell und plötzlich nichts mehr tun können ... dachte ich ... ich besuche dich und frage dich einfach!"

Carmen grinste und errötete fast schon ein wenig. Sie mochte Rolf! Schon, als sie noch mit Hannes zusammen war, mochte sie ihn, doch Rolf war bis letztes Jahr verheiratet. Daher waren Gefühle für ihn zu hegen durch Carmens Moralvorstellungen immer tabu und sie wollte nicht diejenige sein, die ihn über die Scheidung hinweg trösten sollte. So hielt sie sich zurück. Aber nun? Warum und wegen wem sollte sie sich nun noch zurückhalten? „Gut ... ich komme am Freitag Mittag raus! Wie wäre es, wenn wir dann essen gehen? Ich freue mich schon auf ein normales Menü mit normalem Service!"

„Klasse!", freute sich Rolf aufrichtig. „Ich habe am Freitag doch immer früher Schluss ... dann ..."

„Das glaube ich nun eher nicht!", widersprach Renate wieder einmal.

Rolf sah sie verärgert an. „Was ist mir dir denn heute los? Überhaupt bist du in letzter Zeit so etwas von mies drauf! Aber lass uns doch wenigstens noch unsere Freude am Leben!"

Renate stöhnte. „Ich will euch doch nichts versauen! Aber momentan fallen drei Lehrkräfte aus! Herr Konrad hat einen Notplan ausgeschrieben! Und du hast für Freitag in der letzten Stunde die Vertretung für Anita zugeteilt bekommen!"

„Konrad ist nun der neue Leithammel?" Carmen überlegte, wer diesen unmotivierten, bereits längst reif für die Rente wirkenden Kollegen, als neuen Direktor auserkoren hatte. Dabei hatte sie selbst sich bereits vor Monaten für eine höhere Stelle beworben. Den notwendigen Dienstgrad hatte Carmen längst.

„Nur kommissarisch! Er ist das dienstälteste Mitglied unseres Kollegiums und hat daher das Recht darauf! Und er hat offenbar auch Spaß daran, endlich einmal Chef zu spielen!", klärte Rolf sie auf.

„Dann sind wenigstens die Schüler vor ihm für die letzten Tage bewahrt!", erkannte Renate sarkastisch.

„Aber das Schul- und Kultusministerium hat für morgen seinen Besuch angekündigt! Anscheinend haben wir nun zu viele Tote! Und wir sind in der Presse!", ergänzte Rolf.

„Was wird denn geschrieben?", wollte Carmen wissen und wunderte sich, dass Renate dies bisher noch nicht erwähnt hatte.

Rolf machte eine ausschweifende Bewegung. „Sehr negative Werbung für unser Haus! Vermutlich werden wir einige Schüler weniger haben im nächsten Jahr! Sie haben ehemalige Schüler zu Hause besucht und die haben über unsere Lehrmethoden hergezogen! Die Fachlichkeit der Lehrkräfte wird angezweifelt und angeblich wären einige zu streng! Besonders erwähnt wurden Herr Hofmeister und Anita! Und auch eine Carmen M.!"

„Ich bin zu streng? Wow!", staunte Carmen.
„Habt ihr die Zeitung zufällig da?"

„Nein, ich habe sie gleich weggeworfen! Dieser Schmierfink!", schimpfte Renate.

Doch Rolf presste die Lippen zusammen. „Na ja ... einiges in dem Artikel hat mich schon zum Nachdenken gebracht! Ich bringe ihn morgen mit ..."

„Und dann? Was hat dieser Idiot denn geschrieben, was dich zum Nachdenken angeregt hat?" Renate wurde wütend. Sie stand auf, stampfte im Raum auf und ab und wurde immer unruhiger.

„Ich möchte schon gerne lesen, was über mich oder auch uns geschrieben wird! Vielleicht ist das die einzige Möglichkeit endlich einmal ein ehrliches Feedback von unseren Schülern zu erhalten!" Carmens Gedanken begannen zu kreisen. War sie wirklich zu streng? Sie glaubte immer, Sympathie von den Schülern zu spüren!

Rolf lächelte und nahm Carmens Hand. „So schlimm finde ich das nicht, was darin steht!"

„Puh!", schrie Renate kurz auf. „Ich finde es schon schlimm! Dieser Typ schreibt, dass Carmen so streng wäre, dass im Unterricht keiner wagt, sich zu Wort zu melden!"

Carmen lachte auf. „Das stimmt nun wirklich nicht! Wenn ich mich an meine letzte Deutschstunde und die angeregte Diskussion erinnere, dann kann man von eingeschüchterten Schülern überhaupt nicht sprechen! Wen haben die denn da interviewt?"

„Thomas K., 24 aus München!", gab Rolf knapp preis.

Renate stoppte ihren Marsch durch das Zimmer. „Dann hat er vermutlich vor vier oder fünf Jahren unsere Schule verlassen. Welchen Thomas gab es da?"

„Viele! Das ist ein nicht gerade seltener Name!", überlegte auch nun Rolf. „Aber K? Wer hatte einen Nachnamen mit K?"

„Welcher Thomas wagte nicht, sich zu Wort zu melden? Vielleicht dieser seltsame Kautz, der uns nach der Elften verlassen hat? Das war doch auch ein Thomas!", überlegte Carmen.

Auch Renate erinnerte sich. „Ach du meinst Thomas Kowitzky? Sind seine Eltern nicht dann nach München gezogen?"

„Ja ... stimmt! Das muss er sein! Aber er hat doch bei niemandem viel gesprochen! Irgendwie war er wirklich seltsam!", wusste nun auch Rolf wieder.

„Es heißt ja immer wieder, dass Amokläufer eigentlich sehr ruhige Menschen seien! Und dann irgendwann ausflippen!" Carmen durchfuhren kalte Schauer. Hatte sie einen Schüler übersehen? War sie nicht besser, als all diese desinteressierten Lehrerkollegen, die sie selbst aus der Ferne immer so stark kritisierte?

„Und nun flippt Thomas K. aus und erwürgt einen nach dem anderen von uns?", überlegte Rolf laut.

„Wieso erwürgt?", hakte Carmen sofort ein. Wurde Anitas Todesart doch öffentlich bekannt gegeben? Oder wusste Rolf die Art ihres Ablebens aus einem anderen Grund?

47

„Vermutlich sind wir für alles die Schuldigen in seinem Leben, was er nun nicht erreicht hat!" Rolf steigerte sich in das Aufbauen eines neuen Feindbildes so hinein, dass er Carmens Zwischenfrage einfach überhörte.

Auch Renate überhörte Carmens Einwurf und war ganz Rolfs Meinung. „Könnte sein! Ich habe auch schon gehört, dass sich eine Wut auch über Jahre hinweg erst aufbauen kann und sich erst viel später entlädt!"

Nur Carmen zweifelte sehr, doch diese Zweifel behielt sie nun lieber für sich. Sie wusste nicht warum, sie fühlte nur, dass sie ihre Gedanken nicht mehr so freien Lauf lassen durfte! So lange, bis sie endlich den oder die Mörderin kannte!

„Hallo Frau Liebert!", begrüßte Carmen die Kommissarin sehr erfreut. „Haben Sie etwas Neues in Erfahrung bringen können oder bin ich immer noch verdächtig?"

Frau Liebert lachte und wirkte doch müde. „Noch nicht viel! Haben Sie eigentlich heute schon eine Zeitung zu Gesicht bekommen?"

„Nur davon gehört! Frau Huber und Herr Ruhne, meine Kollegen waren hier und haben zu guter Letzt davon erzählt! Aber im Gegensatz zu den beiden bin ich nicht der Meinung, dass Thomas unser gesuchter Mörder ist!"

„Ach nein? Warum bist du nicht dieser Meinung? Wie war denn dieser Thomas? Weißt du eigentlich, dass er der Neffe deines Nachbars ist?", fragte Frau Liebert dahin und suchte den Raum nach einem Stuhl ab. Als sie ihn endlich gefunden und ihn an Carmens Bett gestellt hatte, registrierte sie deren grinsendes Gesicht. Sie überlegte kurz und erkannte ihren Versprecher. „Habe ich Sie eben geduzt?"

Carmen grinste noch breiter. „Ja ... wäre das gegen Vorschriften? Ich hätte nichts dagegen!"

Die Beamtin schluckte kurz, überlegte wieder und erklärte dann bestimmt: „Ich finde dich von Anfang an so sympathisch, dass es mir ehrlich gesagt egal ist! Aber wenn einer meiner Kollegen im Raum ist und solange die Ermittlungen noch laufen, sollten wir vorsichtig sein! Ich will nicht, dass du noch mehr unter Verdacht geratest, nur weil ein Kollege Mäuse kotzen sieht!"

Carmen lachte! „Mäuse kotzen? Das habe ich ja noch nie gehört! Also Simone! Wie war dein Tag?"

Simone Liebert fiel in den Stuhl. „Eigentlich ungewöhnlich ergiebig! Selten habe ich so viele Informationen in einem Fall an nur einem Tag erhalten!"

„Echt? Was denn? Darf ich es auch wissen?" Carmens körperliche Verfassung war wieder sehr gut hergestellt, doch die Ärzte wollten sie zur Sicherheit noch weiteren Untersuchungen unterziehen. Daher waren ihre Aufmerksamkeit und besonders ihre ungeduldige Neugierde kaum zu bändigen.

Simone grinste. „Du kannst mir sogar helfen, die Informationen zu sortieren!"

„Gut! Ich helfe, wie ich kann!", erklärte sich Carmen sofort bereit.

Simone begann, ihre Informationen abzurufen. „Ich habe mich heute Morgen sofort auf den Weg in die Lokalredaktion begeben und mir den vollen Namen von diesem Thomas geben lassen. Er war noch in der Stadt bei seinem Onkel, also konnte ich ihn gleich befragen. Er hat mir in etwa das Gleiche erzählt, wie der Zeitung. Doch ich glaube, er will sich nur wichtig machen! Ich habe mich seit gestern mit vielen Schülern unterhalten, und die haben dich und auch Frau Krause völlig anders beschrieben!"

„Glaube ich auch! Thomas war immer schon sehr ... ich würde ihn als schüchtern beschreiben, aber von den Lehrern hat ihn niemand, zumindest ich nicht, drangsaliert! Er hat vielleicht keine gute Bewertung bei seinen mündlichen Beiträgen erhalten ... aber er hat sich ja auch nie beteiligt!"

„Du erinnerst dich an ihn? Warum? Kennst du alle Schüler auch noch nach fünf, sieben Jahren?"

Carmen musste eingestehen: „Nein, leider nicht! Ich werde ab und zu für Klassentreffen eingeladen, aber dazu bereite ich mich dann schon immer wieder vor! Ich bewahre immer die Abschlusszeitungen auf! Aber besondere Schüler behalte ich natürlich schon in Erinnerung!"

„Und was war es bei Thomas Kowitzky?", wollte Simone genauer wissen.

Carmen überlegte nochmals, bevor sie ihre Erinnerungen weiter gab. „Ich ... wusste nie, wie ich an ihn rankommen könnte! Er war eben so verschlossen! Es war seltsam, denn ich war sogar für zwei Jahre seine Klassenlehrerin! Wir verbrachten gemeinsam ein Skilager und eine Klassenfahrt, doch ich kam nie wirklich mit ihm ins Gespräch. Ich wusste nur aus der Schulakte, dass er Vater und Mutter hatte und in der Nähe von Moskau geboren wurde! Aber seltsam, Herr Schnawiski hat mir nie gesagt, dass er der Onkel von Thomas ist!"

„Hm ... dafür heute um so deutlicher! Er hat mir auch von deinem Lotterleben berichtet! Bei dir gehen die Menschen ja nur so ein und aus! Du hast ständig Menschen in deiner Wohnung! Besonders viele Frauen! Sag mal ... ich meine ... du warst mit diesem Hannes Frenzen zusammen ... und dann? Immer Single? Oder stimmt doch etwas an diesen Gerüchten?", fragte Simone immer leiser werdend.

Carmen stöhnte laut auf, sodass Simone erschrocken zusammenzuckte. „Ich ... und Anita? Nein, wirklich nicht! Dieses ganze Gerücht kam auf ... unglaublich oder? Vor zwanzig Jahren hätte nie ein Mensch derartige Vermutungen ausgesprochen oder auch nur gehegt, nur weil sich zwei Frauen verstehen! Das bedeutet doch, dass unsere

Gesellschaft auf die eine oder andere Art doch toleranter wird!"

Simone lächelte, doch beharrte auf die Beantwortung ihrer Frage. „Und? Was ist dran? Dein Nachbar und auch einige Kollegen schwören darauf, dass das Gerücht wahr wäre!"

Carmen rollte mit ihren Augen. „Nur, weil ... Anita früher einmal ... lange bevor sie Jürgen kannte, mit einer Frau zusammen war! Mit meiner Schwester! Ich habe das Selbst erst vor drei Jahren erfahren!"

„Echt? Hast du mit deiner Schwester so wenig Kontakt? Und wie kam es dann zu diesem Gerücht?"

„Ich ... mir ging es damals, nach der Trennung von Hannes ziemlich schlecht. Er hat mich noch lange belästigt und ... Anita hatte Probleme mit Jürgen! Also hat sie einfach öfters bei mir übernachtet! So hatten wir beide unsere Ruhe und Erholung von unseren Problemen! Und ... meine Schwester hat mich damals besucht und zufällig Anita aus meinem Bad kommen sehen! Dann habe ich mich gewundert, warum sie sich so herzlich begrüßten! Sie haben mir die Geschichte von damals erzählt ... Anita sich dann doch für Männer entschieden und gut ist! Und meine Schwester? Ist momentan Single und mehr interessiert mich auch nicht! Sie kann tun was und mit wem sie will! Warum dieses Gerücht im Umlauf ist, weiß ich beim besten Willen nicht! Wir haben nie etwas in der Schule davon erzählt, auch nicht, dass sie bei mir übernachtet!"

Simone dachte wieder nach und schwieg. Nach gut einer Minute fragte sie: „Und Renate? Die wusste schon davon, oder? Ihr seid doch befreundet!"

„Freunde? Ich weiß nicht ... Dann würde sie nicht so viel über mich verbreiten! Aber stimmt schon, sie wusste davon! Denn dann mied sie es immer, bei mir vorbei zu kommen! Sie mochte Anita nie! Sie war ihr immer zu ... keine Ahnung, was es ist! Sie mag eigentlich sehr wenige Menschen!", erkannte Carmen plötzlich ebenfalls nachdenklich.

Simone nickte zustimmend. „Den Eindruck habe ich auch! Aber sie mag dich! Ich habe das Gefühl, dass sie alles für dich machen würde! Ich habe übrigens die Alibis überprüft! Jürgen war wirklich auf Dienstreise und sogar abends und nachts beschäftigt!"

„Er hat eine Geliebte!", wusste Carmen. „Anita hat es geahnt, aber war irgendwie auch froh! Er war dann immer ausgeglichener!"

Simone kniff ungläubig ihre Augen zusammen. „Seltsam, dass ich mich immer noch wundern kann, was Menschen sich antun! Aber gut ... Martin ist zwar erschüttert, und wie wir vermutet haben, auch nicht sehr an seinem Abitur interessiert, aber auch er hat für alle Tatzeiten ein Alibi. Bei Hofmeister war er ausnahmsweise im Unterricht und bei Anita Krause war er ebenfalls mit einer jungen Dame beschäftigt!"

„Der Glückliche!", kommentierte Carmen fast schon neidisch. „Und sein Vater?"

„Auch dieser, wie auch seine Mutter, haben Alibis! Sie war bei ihrem Friseur und er war bei einem Geschäftsessen! Und bei Anita waren sie gemeinsam in der Oper, ebenfalls mit Geschäftspartnern! Die beiden haben allerdings einen großen Hass auf dich! Sie sehen dich als Alleinschuldige an den schlechten Noten ihres Sohnes! Und der Zeitungsartikel bestätigt sie natürlich!"

„Ach, die sind mir egal! Sollen sie ihren Sohn doch auf eine Privatschule geben! Was ist mit meinem Nachbarn?" Carmen wurde ungeduldiger.

Simone richtete sich auf. „Horst Schnawiski?", fragte sie sichtbar verwundert nach. „Wie kommst du auf ihn?"

„Er ist frustriert! Sieht vermutlich die Schule als Schuldige für das Versagen seines Neffen. Ich und auch Anita sind in seinen Augen unmoralisch und vermutlich nicht geeignet, Nachwuchs zu erziehen! In diesem Sinne war es auch Herr Hofmeister nicht! Er war wirklich eine unmoralische Sau! Schnawiski hatte Zugang zu Herrn Hofmeisters Büro und konnte ohne Mühe auch Anita folgen, als sie meine Wohnung verließ!", fasste Carmen ihre Gedanken zusammen.

Simone versuchte, ihr zu folgen. „Ja, stimmt alles soweit! Aber ich sehe nicht wirklich ein Motiv!"

Carmen kam in Fahrt. „Ich weiß nicht, ob es wirklich ein nachvollziehbares Motiv gibt! Habt ihr eigentlich nun doch Anitas Todesart rausgegeben?"

Simone horchte auf. „Nein! Warum? Wer hat dich darauf angesprochen?"

„Rolf ... Rolf Ruhne wusste davon! Er hat von zwei Erwürgungen gesprochen!", berichtete Carmen. Sie entdeckte in Simones Augen Zweifel und noch mehr Nachdenklichkeit!

„Rolf Ruhne? Der ist mir bisher ja noch nie aufgefallen! War er heute mit Renate da? Wie hat die darauf reagiert?"

Carmen sah aus dem Fenster. Hatte sie damit ihre Kollegen verdächtigt? „Kannst du mir eine Frage ehrlich beantworten?"

Simone lächelte. „Ich bin dir gegenüber viel zu ehrlich! Was willst du denn wissen?"

„Glaubst du, dass es jemand aus dem Kollegium war? War es ein Mann oder eine Frau? Gibt es ein Motiv oder dreht einfach eine Einzelperson ohne besonderen Grund durch? Es gibt doch keine wirkliche Gemeinsamkeit, außer der Todesart!" Carmen suchte in Simones Augen nach einer Wahrheit, fand aber nur noch mehr Fragen.

Simones Lächeln erstarrte und ihr Mund wurde ernst. „Das sind die Fragen, die ich mir seit meinem Eintreffen in eurer Schule stelle! Wer glaubt, die Schulleitung ausschalten zu müssen? Es ist viel Hass in den Taten! Ob eine Frau dazu in der Lage ist? Warum nicht? Frauen können viel und immer mehr, ich würde es nicht ausschließen! Ich habe heute noch erfahren, dass die Art der Würgetechnik nicht viel Kraft erfordert hat! Wenn es ein Mensch war, der für beide vertraut genug war, dass er einfach nah genug an beide herankam! Und Anita ... sie wurde zunächst mit einem Schlag auf den Hinterkopf überwältigt und dann gefesselt! Bei ihr war also überhaupt nicht viel Kraft notwendig! Was ist eigentlich mit diesem Rolf? Magst du ihn?"

„Wie kommst du denn darauf? Habe ich seinen Namen zu nett ausgesprochen?", wunderte sich Carmen.

Simone lachte wieder. „Nein ... aber er ist neben Renate, der einzige, der dich besucht! Ihr seit ansonsten nicht sehr kollegial! Und nicht sehr aneinander interessiert! Ich habe mich sehr darüber gewundert, dass die meisten mir sehr viel über die

Schüler sagen konnten, aber sehr wenig über Anita oder Herrn Hofmeister!"

„Na, wenigsten konnten sie dann etwas über die Schüler sagen!", bemerkte Carmen fast schon erleichtert. „Er mag mich offenbar und ich finde ihn auch sehr nett!"

„Geht ihr miteinander aus?" Simones Neugierde wurde geweckt.

Carmens Stimmung hob sich. „Noch nicht, aber am Freitag! Er holt mich am Abend ab und dann gehen wir Essen! Er meinte, er würde das Richtige für mich auswählen!"

„Na, dann bin ich gespannt, was du mir am Samstag erzählst! Und was sagt Renate dazu? Hat sie es mitbekommen?", fragte Simone nebenbei.

„Renate? Ich wüsste nicht, was Renate dazu sagen sollte!", wunderte sich Carmen über die Frage.

Carmen öffnete ihre Augen und streckte sich ausgiebig. Schon lange hatte sie nicht mehr so gut geschlafen. Das Frühstück stand bereits abgedeckt auf dem kleinen Rollcontainer neben ihrem Bett. Sie suchte nach ihrer Uhr und erkannte, dass es bereits nach neun war. Und doch hatte sie nicht übermäßig lange geschlafen. Als Simone Liebert sie gegen acht verlassen hatte, begannen ihre Gedanken Karussell zu fahren. Eine innere Unruhe überfiel sie, die sie bis vier Uhr morgens gefangen hielt. Sie überlegte viel, dachte nach und besonders viel an Anita. Sollte sie jemanden die ganze Wahrheit über Anita erzählen? Carmens Schwester war, als sie die Nachricht über Anitas Ableben erhielt, sehr schockiert und traurig zugleich. Sie wollte schon lange mit Anita noch einmal reden, die Vergangenheit abschließen und nun war es einfach zu spät. Aber wer wusste schon so viel über diese Frau wie Carmen? Es war in dieser Zeit, als Carmen Halt suchte und Anita eine Zufluchtstätte. Sie tranken viel Wein, verbrachten viele Abende und Nächte damit, sich zu erzählen. Nicht mehr! Sie redeten einfach und erzählten aus ihren Leben, entdeckten Gemeinsamkeiten und wunderten sich dann doch immer wieder über Erlebnisse der anderen! Und sie lachten viel! Warum konnten sie das nicht mehr zuletzt? Was hatte sich geändert und wann? Ist es mit einer Freundschaft nicht anders als mit einer Beziehung? Verbraucht man die Worte so sinnlos, dass man irgendwann keine mehr hat? Oder war die Freundschaft nie beendet, nur einfach zurzeit auf kleinerer Flamme? Oder verbrauchte Renate so viel mehr Aufmerksamkeit, dass für Anita nur noch wenig Platz in Carmens Leben war? Carmen dachte auch viel über Herrn Hofmeister nach, versetzte sich in seine Rolle und hatte plötzlich, über Nacht, Verständnis für die eine oder andere Bemerkung oder auch Entscheidung! Wann waren eigentlich die Bestattungen?

Sie wusste, isoliert auf dieser Krankenstation, nur sehr wenig von der realen Welt, war angewiesen auf die Informationen, die ihr zugetragen wurden. Carmen richtete sich auf, bemerkte mit Wohlwollen, dass die Kopfschmerzen nun fast vollständig verschwunden waren, und fiel mit viel Hunger über die vorbereiteten Brötchen her. Würde Anita wollen, dass sie alles von ihr erzählen würde? Würde es die Aufklärung des Falles voranbringen? Vermutlich nicht! Und Jürgen? Er hatte Alibis! Sichere, wie Simone gestern erklärte! Er wäre vermutlich der Einzige, der durch die ganze Wahrheit ein Mordmotiv hätte! Also beschloss Carmen, endgültig zu schweigen und Anita ihren Frieden zu schenken. Martin Stransky! Auch hier beschloss Carmen des Nachtens, Frieden zu schließen! Warum sollte sie nach all den Geschehnissen noch darauf bestehen, dass der Junge von der Schule geschmissen würde? Am Ende war die Welt doch gerecht und er konnte das fehlende Wissen bis zur Abiturprüfung niemals aufholen! Aber sie würde darauf bestehen, dass er im nächsten Jahr einem anderen Kurs zugeteilt werden würde!
Ihr Nachbar Horst Schnawiski! Hier für sich ganz alleine war Carmen sehr ehrlich und empfand diesen Mann einfach nur widerlich. Ein ungehobelter, von Alkohol geprägter Trottel. Aber was sollte sie tun? Er war ein guter Mieter und der Eigentümer der Nachbarwohnung war mit ihm glücklich und zufrieden. Schnawiski war neugierig, penetrant und manchmal auch zu aufdringlich. Wollte Carmen die nächsten zwanzig Jahre so weiterleben? Immer auf der Flucht durch den Hausflur? Auch hier beschloss sie gegen zwei Uhr morgens, dass sie die Wohnung so schnell wie möglich verkaufen wollte und ein neues Heim suchen sollte. Es war Zeit einen neuen Lebensabschnitt zu beginnen.
Auch wollte sie noch mit Thomas Kowitzky sprechen! Wenn er nun mit einem Journalisten sprechen konnte, dann wohl endlich auch mit ihr!

Was dachte sich dieser Lümmel überhaupt, ihr so üble Geschichten anzuhängen? Oder waren diese in seinen Augen tatsächlich so geschehen? Wie auch immer, sie wollte es wissen! Sie wollte wissen, wie sie auf andere wirkte und was sie als Lehrkraft bewirkte. Wie konnte sie ihre ursprünglichen Ziele bisher verwirklichen? Oder redete sie sich in ihrer eigenen Welt einfach zu gut? In Gedanken hatte sie daher bereits einen kompletten, anonymen Fragebogen für ihre Schüler vorbereitet. In den nächsten Wochen war ein normaler Unterricht sowieso nicht mehr möglich, also konnte sie die Zeit auch sinnvoller nutzen!

Jürgen! Auch mit ihm wollte sie eine Aussprache suchen! Sie verstanden sich anfangs gut, bis er diese seltsamen Wutausbrüche in ihrer Nähe bekam! Er konnte einfach nicht einsehen, dass Carmen und Anita einfach nur befreundet waren. Die Eifersucht trieb ihn fast in den Wahnsinn! Vielleicht konnten sie sich nun versöhnen?

Renate! Simone fragte gestern immer wieder nach ihr! Carmen verstand in dieser Situation den Grund für diese Fragen nicht, doch nachts alleine in diesem Krankenzimmer, immer mehr! Sie verhielt sich in letzter Zeit in der Tat sehr seltsam! Fast schien es bei näherer Betrachtung, dass sie Carmen ganz für sich alleine haben wollte und daher allen anderen schlechte Eigenschaften andichtete. Carmen wollte dieses Problem ganz klar mit ihr ansprechen! Vermutlich war Renate einfach nur schlecht gelaunt und bemerkte ihre Außenwirkung nicht einmal!

Rolf! Was sollte Carmen nur mit ihm tun? Er hatte angedeutet, dass er Interesse an Carmen hätte! Hatte sie selbst das auch an ihm? Sie mochte ihn, fand ihn sympathisch, aber hatte sie Interesse ihn zu küssen? Ihm körperlich näher zu kommen? Musste nicht wenigstens dieses Gefühl da sein? Gegen vier Uhr morgens beschloss Carmen hierzu, dass sie das Treffen am Freitag abwarten wollte.

Vielleicht entwickelte sich ja tatsächlich etwas und sie hätte dem Glück ein Bein gestellt, wenn sie heute schon absagen würde. Manchmal musste man dem Schicksal auch nachhelfen. Simone Liebert! Carmen mochte diese Frau einfach und vertraute ihr vom ersten Augenblick an! Sie konnte nur hoffen, dass sie dieses Vertrauen nicht für ihre dienstlichen Zwecke missbrauchen würde! Aber warum war ihr diese Frau nur so sympathisch? An wen erinnerte sie Carmen nur?

Carmen betätigte die Klingel für die Krankenschwester. Nur drei Minuten später trat ein Pfleger ein. „Schon wach? Wie ich gehört habe, hatten Sie eine unruhige Nacht hinter sich, Frau Meier!"

Carmen erinnerte sich sofort: „Jochen? Was machst du denn hier?"

Der junge Mann grinste. „Sie haben mich in dem Jahr nicht vergessen?"

Carmen lachte. „Wenn ich innerhalb eines Jahres Menschen vergesse, gehe ich in Rente! Aber nun im Ernst, was machst du hier? Du machst doch nicht etwa eine Ausbildung zum Krankenpfleger? Ich dachte bei dir eher an ein Medizinstudium!"

Der Junge lachte nun ebenfalls. „Ich leiste hier meinen Zivi-Dienst ab! Und dann habe ich genug von der Medizin!"

„Manchmal ist der Zivildienst nicht schlecht, dann kann man schon vor der Ausbildung prüfen, ob ein Bereich etwas für einen ist. Sollte es für Mädchen auch verpflichtend geben!"

„Wieso?", fragte Jochen erstaunt. „Sind Sie etwa mit Ihrem Job unzufrieden?"

„Eigentlich nicht! Aber vielleicht meine Schüler!",
gestand Carmen ein. „Du kannst doch jetzt ehrlich
sein! Du hattest mich seit der fünften Klasse
regelmäßig an der Backe!"

Jochen lachte noch lauter. „Quatsch! Lassen Sie
sich nicht von diesem idiotischen Artikel
beeindrucken! Ich habe mich immer wieder gefreut,
Sie zu bekommen! Im Gegenteil, wegen Ihnen
möchte ich auch Lehramt studieren!"

„Ehrlich?", staunte nun Carmen.

„Ja klar!", antwortete Jochen nun knapp. „Aber ich
muss weiter! Wir können uns vielleicht später noch
unterhalten! Was brauchen Sie denn?"

„Kann ich Kaffee haben? Oder kann ich mir einen
holen?" Carmen wurde wieder zur Patientin.

Jochen sah in ihre Krankenkarte an ihrem
Bettende. „Kein Problem! Ich bringe ihnen eine
Tasse! Und heute Nachmittag gibt's auch noch
einen! Aber wenn Sie mehr brauchen und vielleicht
einen stärkeren, gibt es im Eingangsbereich ein
Café! Der ist mehr zu empfehlen!"

„Gibt es heute irgendwann eine Visite, zu der ich da
sein muss? Oder habe ich noch Untersuchungen?",
sicherte sich Carmen zur Durchführung ihrer
bereits geschmiedeten Pläne ab.

Ihr ehemaliger Schüler grinste. „Rauchen Sie
eigentlich noch? Sie müssen doch schon auf Entzug
sein!"

Carmens Augen wurden schelmisch! „Nö,
glücklicherweise nicht mehr! Mir wurde es zu blöd,

dass man fast schon überall als Aussätzige behandelt wird! Ich bin seit elf Monaten clean!"

„Gut, ansonsten hätten Sie nämlich sehr weit spazieren müssen! Die Raucherzone ist am Parkplatz eingerichtet worden!"

„Die armen Raucher! Die holen sich ja den Tod in dieser Kälte!", bedauerte Carmen aufrichtig ihre ehemaligen Leidgenossen.

Jochen prüfte zwischenzeitlich wieder ihre Patientenkarte. „Sie haben heute Vormittag noch ein EEG. Das bedeutet, Sie werden bald abgeholt, aber bis zum Mittagessen sind Sie wieder zurück! Am Nachmittag ist nichts und die nächste Visite erst wieder morgen früh! Die von heute haben Sie einfach verschlafen, Frau Meier! Wie ich sehe, hatten Sie heute schon Besuch!"

Carmen wollte eben ansetzen, ihr Schlafbedürfnis zu erklären, da öffnete sich ihre Türe. Sie riss überrascht ihre Augen auf, als sie Renate eintraten sah. „Hast du keinen Unterricht?"

Jochen lächelte ein wenig verlegen. „Guten Morgen, Frau Huber!"

„Jochen? Da hast du es mal wieder gut getroffen, wirst von deinem ehemaligen Lieblingsschüler versorgt!", knurrte Renate nur.

Carmen rollte mit ihren Augen. „Lass den Jungen in Ruhe! Ich kann nichts dafür, dass du dich bei deinen Schülern so unbeliebt machst! Aber was machst du hier? Du solltest im Unterricht sein und mir dann alles Neue berichten!"

Obwohl Carmen versucht hatte, ihren Worten einen Hauch von Humor mitzusenden, besserte sich

Renates Laune nicht. Und sie verriet auch sogleich den Grund dafür. „Wir können nicht in das Schulhaus! Es ist verrückt, aber deine Kommissarin verrät uns nicht einmal den Grund dafür! Sie lassen uns einfach nicht hinein! Sie haben angewiesen, dass wir für Vernehmungen erreichbar sein müssen, und haben uns für den Fall der Fälle unsere Handy-Nummern abgenommen!"

„Fehlt jemand?", überlegte Carmen umgehend. Und als Renate sie nur fragend ansah, konkretisierte sie ihre Anspielung. „Renate überlege doch mal! Vorgestern durften wir auch nicht rein, da haben sie Anita gefunden! Vielleicht ist ja wieder ein Mord im Schulhaus geschehen!"

„Ach, langsam wird's mir einfach zu viel!", gestand Renate ein. „Ich will nicht mehr darüber nachdenken, was passiert sein könnte! Und ich habe außer Herrn Konrad und diesem Typen vom Kultusministerium niemanden gesehen! Ich habe verschlafen, bin etwas zu spät gekommen, da waren die anderen alle schon weg!"

„Du hast verschlafen?", wunderte sich Carmen. „Das ist ja noch nie geschehen!"

„Ich habe doch eben erklärt, dass es mir zu viel wird! Aber warum bist du immer noch so gut gelaunt? Immerhin hast du eben selbst festgestellt, dass schon wieder jemand ums Leben gekommen sein könnte!" Renate musterte Carmen intensiv und irritiert.

Doch Carmen war eher erleichtert. „Nun kann ich wirklich nicht mehr unter Verdacht stehen! Falls wieder jemand auf die gleiche Art ermordet wurde, habe ich endlich ein wasserdichtes Alibi, das sogar Simones Chef akzeptieren muss!"

„Du bist mit dieser Liebert schon per du? Ist das normal?", bemerkte Renate sofort die veränderte Form. Carmen wurde rot, fühlte sich peinlich ertappt und konnte sich doch ihre Reaktion nicht erklären. „Und du warst unter Verdacht? Warum denn nur?"

„Vermutlich wegen deiner Anspielungen, dass ich mit Anita und Hofmeister Streit hatte! Erinnerst du dich nicht mehr?"

Renate klatschte sich mit ihrer flachen Hand an ihre Stirn, dass es knallte. „Stimmt ja! Ja, genau! Ach ich dumme Nuss! Ich habe das gestern gar nicht so ernst genommen! Aber dieser Polizist hat mich ja dann ausgequetscht! Übrigens hat dein Nachbar auch ganz schön vom Stapel gezogen! Aber das ist nun ja zum Glück vorbei!"

„Du glaubst also auch, dass wieder jemand diesem Würger zum Opfer gefallen ist? Aber wer nur? Wer passt ins Beuteschema?", rätselte Carmen bereits intensiv.

Renate neigte ihren Kopf und lächelte Carmen fast schon liebevoll an. „Süß, wie du dir Gedanken machst! Warum überlässt du das nicht deiner Simone? Das ist doch ihr Job! Oder willst du sie beeindrucken?"

Carmen wurde aus ihren Gedanken gerissen! „Was deutest du nur wieder an? Warum lasst ihr mich nicht in Ruhe? Ich gehe morgen Abend mit Rolf und nicht mit Simone aus! Was ist nur mit dieser Welt los? Nur weil sich fast jeden Tag ein Promi outet, sind nicht alle befreundeten Frauen ein Paar! Dann müssten wir beide das schon längst sein, und das sind wir nicht!"

Renate kicherte. „Süß, wenn du dich aufregst! Aber das musst du Rolf schon noch beweisen, er war sich gestern Abend auf dem Heimweg nicht so sicher, ob er dich wieder zurück an das Hetero-Ufer ziehen kann!"

In Carmen stieg die Wut hoch, und wuchs immer gefährlicher an. „Ihr spinnt doch echt alle! Bitte geh jetzt!", forderte sie deshalb Renate spontan zu deren eigenem Schutz und mit aller Vehemenz auf.

„Echt?", erschrak Renate. „Ich wollte dich nicht ... das war doch nur Spaß!"

„Manchmal ist eine Grenze erreicht! Ich brauche eine Pause von dir!", erklärte Carmen nun noch bestimmter.

„Pause? Was soll das heißen?", fragte Renate nun leichenblass.

Carmen versuchte ruhig zu antworten. „Mir fällt immer mehr auf, wie du mich in Besitz nehmen willst. Du merkst es vielleicht selbst nicht, aber du versuchst, mir jeden Menschen in meinem Umfeld madig zu reden! Ich halte das nicht mehr aus! Du wirst immer negativer und siehst die Welt nur noch schwarz! Bitte gib mir eine Pause! Ich melde mich bei dir, sobald ich das wieder ertrage!"

Renate sah sie einen Moment stark zweifelnd an, bemerkte aber schnell, dass es Carmen sehr ernst war. „O. k.!", antwortete sie schließlich, den Tränen nahe, knapp, packte ihre Tasche und verschwand ohne weitere Fragen aus dem Zimmer.

Die Tür öffnete sich wieder, Carmen wollte schon ansetzen Renate lautstark des Zimmers zu verweisen, da bemerkte sie, dass eine Krankenschwester in den Raum trat. „Guten Morgen Frau Meier! Sind Sie bereit für Ihre letzte Untersuchung?"

Carmen lächelte erleichtert. „Ja, klar! Dann weiß ich auch sicher, dass mein Gehirn funktioniert!"

„Können Sie mir schon ein Ergebnis sagen?",
fragte Carmen den geistig abwesenden Arzt, der
völlig versunken in seinen Bildschirm starrte.

Dieser schreckte hoch. „Ergebnisse? Nein, die
erhalten Sie erst morgen! Gehen Sie zurück in Ihr
Zimmer!"

Carmen grinste über die ungewohnte Art der
Anweisung. „Jawohl! Dann gehe ich wieder zurück!
Können Sie mir wenigstens sagen, wie spät es ist?"

„Wenn Sie sich beeilen, bekommen Sie noch ein
Mittagessen!", antwortete der Mann in Weiß, bereits
wieder auf den Bildschirm konzentriert.

„Danke für Auskunft!", entgegnete Carmen trotzdem
noch gut gelaunt. So trottete sie durch die
fensterlosen Gänge, dem grünen Strich am Boden
folgend, zurück zum Aufzug. Der Lift stand bereits
zur Abfahrt bereit und setzte sich knatternd nach
Carmens Aufforderung in Bewegung. Es waren
seltsam wenige Besucher im Haus, doch vermutlich
war einfach noch keine Besuchszeit. Überhaupt
versetzte dieses Krankenhaus einen als Patienten in
eine sehr relaxte Stimmung. Die Welt war entrückt
und interessierte hier überhaupt nicht. Sie war hier
nicht Lehrerin oder auch ehemalige Geliebte oder
sogar Verdächtige. Carmen grinste. Hätte sie je
gedacht, dass sie einmal in einen Mordfall involviert
wäre? Doch dann erstarrte ihr Grinsen auch
sogleich, denn auch Anita ahnte dies wohl nie!
Carmen hatte eindeutig die bessere Rolle in dieser
Geschichte vom Schicksal zugesprochen
bekommen! Die Aufzugstüre öffnete sich gleichzeitig
mit einem leisen Klingelton. Carmen war in ihrer
Etage angekommen und trat hindurch in den
großen, wieder fensterlosen, neonbeleuchteten
Flur. Sie musste sich erst wieder orientieren, an

der Decke die Hinweisschilder nach ihrer Zimmernummer absuchen, da hörte sie bereits ihren Namen hinter ihr sagen. „Du wohnst in der anderen Richtung, Carmen!"

Carmen drehte sich erfreut um. „Guten Morgen, Simone! Schön, dass du heute schon so früh da bist!" Simone Liebert lächelte wie immer sehr warmherzig. Hatte Carmen sich eine Kriminalbeamtin je so vorgestellt? Vermutlich eher nicht!

„Ich muss dir etwas mitteilen! Hast du dein Zimmer noch für dich alleine?", wurde Simone aber sofort wieder ernst.

„Ja, bis jetzt schon! Ich denke, das ändert sich bis morgen auch nicht mehr!"

„Du wirst morgen wirklich entlassen? Gut, dann kannst du nächste Woche zu Anitas Beerdigung gehen!", stellte Simone nüchtern fest.

Carmens Herz durchfuhr ein heftiger, schmerzhafter Stich. „Weißt du schon einen genauen Termin?"

„Die beiden Leichname werden bald freigegeben. Wenn ich es richtig mitbekommen habe, wird Herr Hofmeister am Dienstag und Anita am Donnerstag beigesetzt. Gehst du auch zu Hofmeister?", fragte Simone weiter sehr direkt.

Carmen überlegte kurz. „Ja, natürlich! Ich finde, dass dies jeder Mensch verdient und dass es sich gehört, einem Kollegen und Vorgesetzten das letzte Geleit zu geben! Aber was wolltest du mir denn sagen? Renate war heute Morgen schon da und hat mir erzählt, dass das Schulgebäude gesperrt war! Ist wieder etwas geschehen?" Simone betrachtete sie für einen kleinen Augenblick mit einem seltsam nachdenklichen Ausdruck, doch dann drehte sie sich abrupt um und forderte Carmen mit einer kurzen Handbewegung auf, ihr zu folgen.

In ihrem Zimmer angekommen, nahm sich Simone erst ein Glas von dem für die Patientin vorbereiteten Tee, dann erst klärte sie Carmen endlich über den Grund ihres Besuches auf. „Ich wollte dir mitteilen, dass du nun endgültig, auch in den Augen meines Vorgesetzten, entlastet und aus dem Kreis der Verdächtigen heraus gefallen bist!

„Dann ist schon wieder etwas passiert? Wer ist es denn diesmal?", fragte Carmen nun doch schockiert.

Simone wendete kurz ihren Blick ab, sah aus dem Fenster und seufzte tief. „Ich bin wirklich froh, dass du hier im Krankenhaus bist, ansonsten hätte ich auch langsam an meiner Intuition gezweifelt und dich intensiver vernommen!"

„Wieso?", fragte sich Carmen laut mehr sich selbst. „Wer ist es denn? Wieder aus meinem engsten Umfeld? Hätte ich mal wieder ein fadenscheiniges Motiv, wie bei Hofmeister und Anita? Hatte ich mit dem Opfer Streit? Habe ich auf einmal mit der ganzen Welt Zank?"

Simone sah ihr tief in die Augen, legte beruhigend ihre Hand auf die Carmens. „Beruhige dich doch! Nein, du kennst diesen Menschen nicht persönlich! Aber wenn man sehr weit denken würde und alles in einem Zusammenhang sieht, landet man schon wieder bei dir! Der Hausmeister hat neben dem Kopierer im Treppenaufgang den Journalisten Peter Porter gefunden! Mit einem Schnürband erwürgt ... und auf ihm war die Ausgabe der gestrigen Zeitung. Mit dem Bericht über die Schule aufgeschlagen! Er wurde, nachdem was ich bisher gesehen habe, wie

Anita von hinten niedergeschlagen und dann erwürgt! Aber auch nicht in der Schule!"

„Der Journalist, der diesen Artikel über die Schule verfasst hat? Es muss jemand sein, der einen Schlüssel in das Gebäude hat!", folgerte Carmen sofort. „Vielleicht ist es doch jemand aus der Schule!"

„Diesen Gedanken verfolge ich schon seit dem zweiten Vorfall! Es gibt eine Alarmanlage, die am Morgen auch noch immer aktiviert war! Also muss es jemand sein, der auch dafür den Code hat!", spann Simone weiter.

Carmen setzte sich auf ihr Bett, zog ihre Beine nah an ihren Körper und versuchte ihre Energie für ihre Gedanken zu sammeln. „Es ist ein Schlüssel! Und den haben wir alle mit dem Generalschlüssel!"

„Bitte? So altmodisch?", schrie Simone erschrocken auf. „Dann könnt ihr die ganze Alarmanlage euch in den ..."

„Allerwertesten stecken? Ja, habe ich auch gesagt! Aber Herr Hofmeister hatte keine Lust, dass er oder der Hausmeister zu oft belästigt werden. So bekamen alle verbeamteten Lehrkräfte einen kompletten Satz Schlüssel. Er sagte, dass wir als Beamte ja keine Straftat begehen dürften und darauf doch einen Eid geschworen hätten!" Simone begann, bereits bei den letzten Worten, fast schon hysterisch zu lachen. Sie konnte sich kaum beruhigen! Carmen war kurz irritiert, doch dann sprach sie einfach ihre Gedanken weiter aus: „Es muss also jemand sein, der Zutritt zur Schule hat oder hatte, sich an diesem Artikel und auch an Anita und Hofmeister maßlos gestört hat!"

Simone unterbrach ihr Lachen! „Wer mag dich? Wem traust du es zu? Ganz offen! Nur für uns! Ich verspreche dir, ich gebe nichts weiter und überprüfe jeden, den du mir nennst nur für mich!"

„Warum soll der Mörder mich mögen? Und warum sollte ich es der Polizei nicht offiziell sagen wollen?", zweifelte Carmen stark an Simones Fragen.

Simone lächelte fast schon verzweifelt. „Du warst nur unter Verdacht, da du mit beiden Opfern mehr oder weniger im Zwist warst! Auch wenn du selbst nicht dieser Meinung bist, aber du bist der einzige wahre gemeinsame Nenner!"

„Aber warum ausgerechnet jetzt? Ich hatte schon viel heftigere Streitigkeiten in meinem Leben, da hätte eher jemand für mich den Rächer spielen können!", widersprach Carmen weiter.

„Das kann ganz unterschiedliche Auslöser haben! Vielleicht hat der Täter in den letzten Tagen, Wochen selbst eine Art Zurückweisung erhalten! Vielleicht hat er sich gefühlsmäßig dadurch mehr an dich gehängt, ohne dass du es je gemerkt hast! Und vielleicht hat er nun einfach die Meinung, dass er dich beschützen muss!"

„Herr Schnawiski!", gab Carmen seufzend kund. „Der Einzige, den ich für bescheuert genug halte!"

„Dein Nachbar?", zweifelt nun Simone.

„Er hat Zugang zur Schule ..."

„Stopp! Er ist Eineurojobber und hat keinen Schlüssel erhalten! Ich habe ihn überprüft, und nichts festgestellt, außer, dass seine Frau ihn verlassen hat! Er ist vielleicht einsam, unglücklich und vom Leben enttäuscht, aber nicht einmal schlau genug, einer dieser Taten umzusetzen!"

„Was ist denn daran schlau? Wie viel IQ braucht es, einen Menschen zu ermorden?", setzte Carmen dagegen.

Simone erhob sich energisch von ihrem Stuhl und ging zum Fenster. „Der Täter hatte einen Plan, hat ihn umgesetzt und ist immer unbemerkt vom Tatort verschwunden. Er hat nichts hinterlassen ... keine einzige Spur! Kein Fingerabdruck, kein Haar, einfach nichts!"

„Hat wohl zu viel CSI gesehen! Dabei lernt doch schon jeder, auf was man achten muss!"

„CSI? Du meinst diese amerikanische Krimiserie?" Simone blickte Carmen fast schon angewidert an.

Doch Carmen grinste nur. „Einer meiner Lieblingssendungen! Ich habe alle auf DVD!"

Simone schüttelte noch immer voller Unverständnis den Kopf. „Falls du den Fall mit deinen daraus gewonnenen Kenntnissen auflöst, schaue ich mit dir alle Folgen an! Aber ich zweifle sehr daran, dass man dadurch als Täter Fehler vermeiden kann!"

Carmen glaubte es besser zu wissen. „Also ... was würde ich tun! Ich würde mich so kleiden, dass ich keine Haare verliere! Vielleicht ein Taucheranzug! Oder Latex? Auf jeden Fall Gummihandschuhe und eine Mütze! Und Anita zu beobachten und zu überwältigen ist einfach. Ihr Haus liegt am Stadtrand, abgelegen und von Büschen umrandet! Da draußen bekommt niemand mit, wenn man überfallen wird! Du kannst schreien, dich wehren, aber zur Hilfe kommt sicher niemand, denn es ist doch niemand da! Und dieser Journalist! Wo wurde er überfallen?"

„Wir konnten seinen Tag bis gegen 18 Uhr in der Zeitung nachvollziehen! Dann soll er Richtung Tiefgarage gegangen sein!", steuerte Simone zu Carmens Gedanken bei.

„Gut ... auch ein einsamer Ort am Abend, denke ich! Ideal um ihn aus einem Hinterhalt heraus zu überfallen und in ein Auto zu ziehen! Dann ist er noch immer betäubt ... leicht ihn zu erwürgen! Aber wenn ich mich mit allen Gefühlen in den Täter hinein versetze, stoße ich nun langsam an meine Grenzen!"

„Warum? Du hast ihn tot oder bewusstlos in deinem Wagen! Du musst eigentlich nur noch unbemerkt in deine Schule kommen und ihn abladen!", fantasierte Simone kritisch mit. „Welchen Eingang würdest du benutzen? Ich habe mir die ganze Zeit überlegt, dass es der Haupteingang nicht sein kann, da dort der Hausmeister wohnt!"

„Und über den Hof auch nicht! Da springen nachts die Hunde vom Hausmeister herum! Sie sind zwar nicht wirklich bissig, aber sehr laute Kläffer! Besser als jede Alarmanlage! Nein ... ich würde über das Nebengebäude kommen!", überlegte Carmen mit all ihrer Logik.

„Nebengebäude? Ich habe es gesehen, aber es hat mir noch niemand gezeigt! Hat es denn eine Verbindung zum Haupthaus? Ich dachte, es wäre durch diese kleine Zufahrt zu dieser Firma hinter euch getrennt und wäre einfach als Ergänzung zu diesem Schulgarten gebaut worden."

„Ne, ne! Es ist unterirdisch mit dem Hauptgebäude verbunden. Da drüben werden Physik, Chemie und

Biologie unterrichtet! Sehr schöne und helle Räume!
Und der Garten ist über einem kleinen Hörsaal, in
dem eben Bio unterrichtet wird, zu erreichen! Wir
pflanzen da auch Gemüse und Kräuter für den
freiwilligen Kochkurs an!", erzählte Carmen nun fast
schon stolz, doch dann entsann sie sich wieder des
eigentlichen Themas. „Auf jeden Fall gibt es zu
diesem Haus auch einen oberirdischen Zugang, der
sehr leicht mit einem PKW zu erreichen ist, ohne
dass es irgendjemand bemerkt! Es wohnt dort
niemand, die Hunde und der Hausmeister sind
durch das Schulgebäude abgetrennt! Ich glaube
sogar, dass die Alarmanlage diesen Teil nicht einmal
mit absichert! Man ist also erst einmal sicher
aufgehoben und kann dann den nächsten Schritt in
Ruhe weitergehen!"

Simone grinste fast schon verschmitzt. „Gehst du
alles so kontrolliert durch?"

Carmen überlegte. „Ich bin nicht ein Kontrollfreak
oder muss alles geplant haben, aber ... ja ich bereite
mich gerne vor, baue Puffer ein, damit ich auch
noch reagieren kann! Das ist auch im Unterricht
gut! Eine Stunde läuft viel lockerer für mich ab und
ich verbreite dann auch eine bessere Atmosphäre,
die Schüler sind besser drauf und überhaupt ..."

„Du wärest auf jeden Fall nicht für meinen Beruf
geeignet, auch wenn du eine sehr gute Logik hast!
Aber ich kann ja kaum die Aussagen meiner Zeugen
planen! Leider!", stellte Simone grinsend fest. „Aber
du hast gesagt, dass selbst du nun an Grenzen
stoßen würdest! An welche?"

Carmen seufzte. „Ich trainiere zwar regelmäßig, aber
ich traue mir beim besten Willen nicht zu, einen
ausgewachsenen Menschen quer durch das
Schulhaus schleppen zu können! Ich weiß noch, als
Hannes einmal in Ohnmacht fiel, da war ich

ziemlich aufgeschmissen! Ich konnte ihn nur zudecken und ein wenig anders drehen! Aber hochheben ... keine Chance!"

Simone rieb sich nachdenklich eine Schläfe. „Dann müsste es doch ein Mann oder eine sehr kräftige Frau sein! Schade ... mein heißester Verdacht, würde sich damit erledigen! Wie kann man so etwas nur testen, ohne großes Aufsehen zu erwecken?"

„An wen hast du denn gedacht? An eine Frau?" Carmen fand Simone zwar sehr sympathisch, kannte sie bei Weitem aber noch nicht gut genug, um ihren Gedanken folgen zu können.

Doch diesmal behielt Simone ihre Überlegungen für sich. „Das kann ich dir nun wirklich nicht sagen! Ich will nicht, dass du plötzlich dein Verhalten änderst! Dein neuer Chef ist übrigens 'ne Pfeife! Ich kann es gar nicht anders ausdrücken! Unglaublich, wie er den Typen vom Ministerium hofiert! Er ist ein richtiger Ar... Kriecher!"

Carmen lächelte, obwohl sie doch ein wenig enttäuscht war. Erstmals hat Simone ihr eine Auskunft versagt! Aber vermutlich konnte sie es auch nicht! Nicht alles durften Carmens Ohren hören. Also verzieh Carmen ihrer neuen Vertrauten und reagierte auf Simones Anspielung.
„Ich war auch sehr überrascht! Aber nach den Dienstvorschriften ist es ganz korrekt! Er ist der Dienstälteste! Wobei ich nicht glaube, dass Herr Konrad im September auch noch die Schule leitet! Er ist einfach ... zu ... unmotiviert und hat kein Rückgrat! Hast du Samstag schon etwas vor? Hättest du Lust auf ein Bier?"

Simone zuckte zusammen. Hatte Carmen etwas Falsches gesagt? Doch dann sammelte sich die Befragte und antwortete etwas verlegen, fast schon

schüchtern: „Warum nicht! Soll ich dich abholen?
Gegen sieben Uhr?"

Carmen war über Simones reserviertes Verhalten
überrascht, doch willigte in den Vorschlag ein. „Gut
... vielleicht dann doch eine Kleinigkeit essen? Um
die Zeit mag mein Magen meistens etwas!"

„Gut, dann gehen wir essen! Kennst du den neuen
Laden am Stadtgraben? Ich glaube es heißt ..."

„Bei Bruno´s? Ja, da war ich letzte Woche drin! Das
ist klasse! Und man kann sehr gut essen!" Carmen
mochte den Laden wirklich, es war gemütlich und
ein wenig aufregend zugleich. Es war viel los und
doch war das Publikum ihrem eigenen Alter
entsprechend.

„Gut, dann ... komm ich bis sieben zu dir! Und
morgen bist du mit Rolf unterwegs?", vergewisserte
sich Simone ihrer Erinnerungen!

Carmen erinnerte sich hingegen nicht so gerne.
„Ja!", bestätigte sie zögerlich. „Aber ich weiß echt
nicht, ob die Idee so gut war! Ich finde ihn nett, aber
..."

„Mach dir einfach einen netten Abend und schau
was passiert!", schlug Simone plötzlich wieder mit
mehr Elan vor. „Wohin wollt ihr denn gehen?"

„Keine Ahnung! Er holt mich doch auch ab und hat
angeblich schon etwas ausgewählt!", erklärte
Carmen fast schon angestrengt!

„Stimmt ja! Dann werde ich mich mal wieder an die
Arbeit machen!", erklärte nun Simone etwas
geistesabwesend!

„Was hast du denn nun vor?", interessierte sich Carmen.

Simones Schultern hingen müde hinab, ihre Energie war in den nächtlichen Untersuchungen verflogen. „Ich werde mich nochmals mit deinem Nachbarn befassen! Vielleicht ist deine Intuition doch nicht so schlecht. Und dann überlege ich mir, wie ich die Kräfte einer bestimmten Person prüfen kann! Irgendwie glaube ich, dass meine ursprüngliche Meinung vielleicht doch seine Begründung hat! Aber dein Einwand ist natürlich auch richtig! Man muss die Leiche schon sehr weit schleppen! Kann das eine Frau schaffen? Gibt es vielleicht Hilfsmittel, die sie bei Anita und Porter hätte verwenden können? Es gibt überall in eurem Haus Aufzüge, eigentlich bräuchte sie nur ein fahrbares Transportmittel!"

„Eine Sackkarre? Die könnte sie auch bereits selbst mitbringen! Passt für gewöhnlich in jedes Auto!", überlegte Carmen wieder mit.

„Ja, genau ... so etwas in der Art! Das werde ich testen!", legte sich Simone nun fest, stand bereits auf, drückte Carmen einen Kuss auf die Wange und verließ sie bereits.
Carmen sah ihr völlig perplex nach. Was sollte diese vertraute Geste? Warum war die Welt plötzlich komplett anders, als noch vor wenigen Tagen? Träumte sie nur und die Realität war noch die alte?

„Guten Morgen, Frau Meier!", tönte es dumpf durch den Raum, noch ehe Carmen die geöffnete Türe bemerkte. Ein Tross in Weiß betrat ihr Zimmer, angeführt von einer Frau mit grauem Haar, etwas untersetzt und mit kleiner runder Brille auf der Nase. Diese begann, ohne weitere Einführung auf Carmen einzureden. „So, meine Liebe! Sie hatten gestern noch eine Untersuchung, die unseren ersten Verdacht bestätigte!"

„Ach ja? Sie hatten auch einen Verdacht? Was denn?", fragte Carmen überrascht.

Die Ärztin hob ermahnend ihre Augenbrauen, sodass nicht nur Carmen augenblicklich verstummte. „Ihre Werte sind nicht die besten! Wann waren Sie eigentlich das letzte Mal bei einer Kontrolle?"

Carmen fühlte sich an ihre Kindheit erinnert, als sie von ihrer Lehrerin beim Nichtausführen ihrer Hausaufgaben ertappt wurde. „Ähm ... eine richtige Kontrolle? Muss ich das denn schon?"

Die Ärztin schüttelte voller Unverständnis ihren Kopf. „Meine Liebe, medizinisch gesehen sind Sie nicht mehr die Jüngste! Eigentlich sollte man sich ab Mitte Dreißig jährlich untersuchen lassen! Wenigstens ein großes Blutbild!"

„Und was hätte mein Hausarzt dann herausgefunden?", fragte Carmen ein wenig frecher, aber noch immer mit einem unguten Gefühl. Sie erinnerte sich sehr wohl, dass ihre Lehrerin ein derartiges Verhalten damals gar nicht mochte.

Doch die Ärztin konnte sich ein Grinsen nicht verkneifen, ihr schien Carmens Frage zu gefallen. „Er hätte festgestellt, dass Sie einen akuten Eisenmangel haben! Es wundert mich sehr bei

Ihren Werten, dass Sie noch nicht mehr Probleme haben! Außerdem haben Sie einen Bluterguss an der Hirnrinde! Auch haben Sie noch immer eine schwere Gehirnerschütterung! Es kann also sein, dass Sie in den nächsten Tagen noch Schwindelanfälle haben werden! Unterricht werden Sie auf jeden Fall in diesem Schuljahr nicht mehr halten!"

„Aber ... das geht doch nicht!"Carmen wollte sich ganz und gar nicht mit den Vorgaben der Ärztin einverstanden erklären. „Ich muss ..."

„Gesund werden! Ihr Engagement in Ehren, aber Ihren Schülern nützt das überhaupt nichts, wenn Sie am Ende länger ausfallen!" Der Ausdruck der Ärztin war unerbittlich. Carmen spürte, dass weiterer Widerspruch sinnlos war.

„Und darf ich dann trotzdem heute raus? Ich verstehe das nicht, ich fühle mich doch gut!"

Die Gesichtszüge der Ärztin wurden wieder milder. „Niemand muss heutzutage noch Schmerzen haben! Sie bekommen von uns jeden Tag genügend Medikamente! Natürlich fühlen Sie sich gut, Sie ruhen ja auch den ganzen Tag! Haben Sie jemanden, der sich um Sie kümmert?"

Carmens Magen verkrampfte sich. Sie begann noch viel unsicherer zu stammeln: „Ich lebe zwar alleine, aber ... vielleicht meine Schwester ..."

„Lebt Ihre Schwester in der Stadt?", fragte nun eine jüngere Assistenzärztin. Die Männer in der Runde schwiegen weiter eisern. Eine Krankenschwester meldete sich zu Wort. „Ja, sie war am ersten Tag hier! Aber sie ist berufstätig und hatte deswegen keine Zeit mehr zu kommen!"

Carmen fühlte sich wie in einem Glaskäfig. Was wussten diese fremden Menschen eigentlich nicht von ihr? Wie viel hatte ihre gesprächige Schwester von ihnen erzählt? „Ja ... aber ich habe auch Freunde ... und ich glaube schon, dass ich ausreichend Ruhe gebe! Was brauche ich denn schon? Es gibt für Essen Lieferservice und ich muss ja nicht unbedingt jetzt einen Großputz in meiner Wohnung starten!"

„Wie heißt Ihr Hausarzt?", fragte die ältere Ärztin unvermittelt.

Carmen zuckte zusammen und antwortete doch artig. „Dr. Kramer!"

Die Ärztin zog sehr kritisch ihre Augenbrauen hoch. „Oh je! Ich rufe für Sie nun eine Kollegin an, bei der ich sicher bin, dass Sie auch betreut werden! Und Sie versprechen mir, dass Sie heute Nachmittag für deren Hausbesuch auch zu Hause sind! Dann entlasse ich Sie!"

Carmen fühlte sich immer mehr bevormundet! „Finden Sie Ihr Vorgehen nicht sehr ungewöhnlich?"

Aus der letzten Ecke vernahm Carmen plötzlich ein freches Kichern. Jochen war auch im Raum und konnte sich einen Kommentar nicht verkneifen. „Aber Sie sind doch für Ihre Schüler auch keine gewöhnliche Lehrerin! Ich habe außer bei Ihnen nie erlebt, dass bei den Eltern angerufen wird, wenn man mit den Noten abfällt oder die Hausaufgabe mehr als zweimal nicht erledigt!"

„Nein? Echt nicht? Aber ..." Carmens vorbereitete Gegenargumente, dass es doch eine freie Arztwahl gäbe, liefen ins Leere. „Warum soll ich zu dieser Ärztin? Warum kann ich nicht bei meinem bleiben? Was ist an dieser denn besser?"

Die graue Eminenz lächelte erstmals über das ganze Gesicht. „Sie interessiert sich noch für ihre Patienten, so wie Sie sich für Ihre Schüler!"

„Und warum interessieren Sie sich so sehr für mich?", fragte Carmen fast schon überfordert. „Sie bleiben doch nicht bei jedem Patienten so hartnäckig, nur wegen einer Gehirnerschütterung!"

„Ich hatte nie viel Zeit für meine Tochter! Ich war sehr froh, dass sie wenigstens für ihre Lehrerin bereit war, zu lernen! Ich glaube, ohne Ihr Engagement hätte sie nie ihr Abitur geschafft und würde nun niemals studieren!"

Carmen war nun restlos überfordert. „Wie heißen Sie eigentlich?"

„Herfordt!", entgegnete die Ärztin bereits in Carmens Akten vertieft.

„Katrin Herfordt?", vergewisserte sich Carmen. „Was studiert sie denn?"

„Jura! Ich weiß zwar nicht, warum, aber sie meint, das wäre passender für sie als alles andere!", erklärte die Ärztin, während sie ein ausgefülltes Formular an Carmen übergab.

Carmen griff beherzt zu und erkannte, dass dies ihre Entlassungspapiere waren. „Dann muss ich wohl meine Verabredungen für das Wochenende absagen! Schade!"

„Ein wenig Ruhe nur! Sie können Ihren Verehrer ja auch nach Hause einladen und gleich testen, ob er auch etwas für Notlagen ist!", bemerkte Frau Dr. Herfordt mit einem frechen Grinsen.

„Ich glaube, darauf verzichte ich lieber Und habe ehrlich gesagt auch keine Lust darauf, das zu testen! Ich versuche lieber, meine Schwester oder eine Freundin zu erreichen!"

„Machen Sie das! Und alles Gute noch weiterhin!" Frau Dr. Herfordt reichte ihr noch die Hand und verabschiedete sich somit aus Carmens Leben.

„Aber deine neue Ärztin ist wirklich nett! Vielleicht wechsle ich im nächsten Quartal auch zu ihr!", erklärte Marissa im Plauderton, während sie in Carmens Küche wirbelte.

Carmen fühlte sich matt und schwach. „Ja, Schwesterlein! Natürlich ist sie ganz nett! Ich finde es aber noch netter, dass du so spontan Zeit für mich hast!"

Ihre Schwester streckte ihren Kopf durch die Durchreiche. „Zu was hat man eine Schwester? Und wir beide sind doch die einzige Familie, die wir noch haben! Wenn nicht ich dir helfe, wer dann? Hast du eigentlich deine Post schon entdeckt?"

„Ja ... die kann ich durchsehen! Ich bin dir trotzdem sehr dankbar! Kennst du eigentlich eine Simone Liebert?", fragte Carmen beiläufig, während sie die an sie adressierten Umschläge nach Wichtigkeit kontrollierte.

Marissa kam mit zwei dampfenden Tassen und setzte sich neben ihr auf das Sofa. „Nein, noch nie gehört! Warum fragst du?"

„Hm ... es könnte sein, dass sie auch auf Frauen steht!", erklärte sie noch beiläufiger ihre Frage.

Marissa lächelte und atmete gleichzeitig tief aus. „Ach Schwesterherz ... ich kenne doch nicht alle! Was denkst du eigentlich? Dass wir uns gegenseitig brandmarken? Oder auf einer speziellen Homepage vermerken?"

„Sind diese Datingseiten das nicht irgendwie?", spöttelte Carmen. Doch dann stutzte sie. „Was ist das denn?"

„Was ist? Hast du komische Post bekommen? Ein Verehrer? Was ist eigentlich bei dir mit der Liebe? Und warum kennst du eine vielleicht lesbische Frau?" Marissa stellte eine Frage nach der anderen, doch Carmen starrte nur ungläubig auf ein Stück Papier, das sie aus einem weißen Umschlag gezogen hatte. Marissa nahm ihr den Zettel aus der Hand und las den darauf geschriebenen Text laut vor. „Ich werde dafür sorgen, dass du mich nie wieder vergisst!" Carmen wusste einfach nichts mehr! Was sollte dieser Brief nur? Wer schrieb ihr aus welchem Grund derartige entartete Zeilen? Marissa verstand noch weniger. Oder doch mehr? „Kann es sein, dass diese ganzen Morde nur wegen dir geschehen sind? Oder ist das ein Trittbrettfahrer? Hast du außer diesem verrückten Hannes noch einen Verehrer oder vielleicht eine verschmähte Verehrerin?"

„So ein ..." Carmen fehlten nun die Worte. Hatte Marissa recht? Simone sah sie auch immer als Bindeglied zwischen den Opfern und dem Täter, aber wer nur sollte es sein?
„Marissa, in meiner Brieftasche ist eine Karte von einer Hauptkommissarin! Ruf sie an und erzähle ihr von dem Brief!"

„O. K. Aber warum machst du das denn nicht selbst?" Marissa stand bereits auf und ging zu Carmens Handtasche. Eine Minute später hörte Carmen ihre Schwester telefonieren und hörbar mit Simone schäkern. Eine weitere Minute später war das Gespräch auch schon beendet. „Gut ... sie ist in einer viertel Stunde hier! Sie war übrigens sehr enttäuscht, dass eure Verabredung morgen Abend ausfallen muss! Woher kennst du die Frau eigentlich?"

„Sie ist die leitende Ermittlerin in den Mordfällen an unserer Schule!"

„Aha!" Marissas Kommentar verwies auf deren Ungläubigkeit. „Schön, dass sie gleich vorbei kommt! Schon seltsam, wie engagiert die Menschen in deinem Sog sind! Die Ärztin im Krankenhaus organisiert eine noch ambitioniertere Hausärztin für dich! Die Polizistin rennt los, wenn nur kurz gehustet wird! So gut will ich es auch einmal haben!"

„Und meine Schwester wirft ihre gesamte Wochenendpläne über den Haufen, nur weil ich eine Gehirnerschütterung habe!", ergänzte Carmen lächelnd. „Ja, stimmt ... ich habe es gut!"

Marissa winkte ab, seufzte gekünstelt auf und verschwand wieder in der Küche. „Ich setze einen Kaffee auf! Polizisten trinken doch immer Kaffee!"

Carmen war so vertieft in ihren Gedanken, dass sie nur nebenbei das Läuten der Türklingel registrierte. Marissa ging zur Tür und öffnete sie. „Ja bitte?", hörte Carmen ihre Schwester fragen. „Für wen ist das denn, wir haben nichts bestellt!" Carmens Aufmerksamkeit war geweckt, doch ihre Schwester erklärte sich offenbar bereit, eine Lieferung anzunehmen. „Gut, dann geben Sie mal her!" Einen Augenblick später hörte sie Marissa die Wohnungstüre schließen und auf sich zukommen.

„Wer war das denn?", fragte Carmen, noch ehe sie Marissa mit einem Paket vor sich stehen sah. „Und was ist das?"

„Blumen! Für dich!", erklärte Marissa knapp. „Mach sie auf und schau, von wem sie sind!"

Carmen zögerte ein wenig, doch dann gewann wie immer die Neugierde. „Gut, dann wollen wir mal sehen!" Umständlich machte sich Carmen nun an die Aufgabe den Abrissstreifen des Kartons zu finden. Nach einer für Marissa viel zu langen Zeit, riss sie daran mit einem Ratsch und konnte somit den Deckel öffnen. „Unglaublich, wie gut Blumen verpackt werden können!", bemerkte sie, nachdem sie zwei weitere Schutzdeckel abgenommen hatte. Dann endlich lag der gesendete Blumenstrauß vor ihr. Carmens Gesichtsmuskeln zogen sich erschrocken zusammen.

„Was ist? Warum nimmst du ihn nicht heraus? Ist eine Karte dabei?" Marissa verstand das Zögern ihrer Schwester nicht, daher kam sie nun näher und beugte sich selbst über den Karton. „Oh ... seit wann stehst du denn auf schwarze Rosen?"

„Das ist nicht witzig!", entfuhr Carmen noch immer schockiert.

Doch Marissa empfand den Blumenstrauß nicht so beängstigend wie ihre Schwester, zog das Präsent aus seiner Verpackung und betrachtete das Gebinde von allen Seiten. Ihr Blick ging nochmals in den nun leeren Karton zurück. „Ah ... da ist ja auch eine Karte! Ich wäre jetzt schon enttäuscht gewesen, wenn dein Verehrer nichts dazu geschrieben hätte!"

„Ich weiß nicht, ob ich den Inhalt dieser Karte wirklich wissen will!", zweifelte Carmen.

Marissa schnappte sich den Umschlag, legte den Blumenstrauß auf das Tischchen vor dem Sofa und zog die Begleitkarte heraus. „Sie ist sogar mit einer persönlichen Handschrift verfasst! Unglaublich!"

„Und was steht drin?", wollte Carmen nun doch erfahren.

Marissa überflog die Zeilen zunächst still, doch dann nahm sie einen tiefen Atemzug, um dann die Grußworte in einem vorzutragen. „Für Carmen! Zur endlichen Erinnerung!"

Carmen starrte Marissa nur ungläubig an.
Was bedeuteten diese Worte? Wer konnte nur
so wahnsinnig sein, ihr so verrückte Zeilen zu
schreiben? „Seltsam ... langsam glaube ich auch,
dass du der Grund allen Übels bist!", stellte Marissa
rational fest.

„Oh ich danke dir, Schwesterlein! Aber was soll ich
denn nur tun? Ich weiß ja nicht einmal, wer es ist!",
jammerte Carmen nun fast schon den Tränen nahe!
„Wie kann mir ein Mensch nur so etwas antun? Das
sind ja auch nicht gerade Zeichen der Zuneigung!"

„In einem verrückten Gehirn vermutlich schon!",
überlegte Marissa nüchtern weiter.

Es läutete wieder an der Tür. Carmen zuckte
zusammen und erstarrte erneut vor Schreck.
Marissa aber blieb ganz Frau ihrer Sinne. Sie ging
zur Tür, fragte diesmal durch die Lautsprecheranlage,
wer Einlass begehrte und drückte schließlich den
Türöffner. Dann kehrte sie zu Carmen zurück. „Es
ist deine Polizistin! Willst du alleine mit ihr sein?
Dann würde ich in der Küche verschwinden und für
uns drei kochen!"

„Nein ... warum sollte ich mit ihr alleine sein
wollen?", wunderte sich Carmen über die Frage
ihrer Schwester.

„Na ja ... ist das nicht die Frau, zu der du mich
gefragt hast, ob ich sie kenne? Vielleicht ...",
versuchte Marissa anzudeuten, doch dann klopfte
es an der Wohnungstüre. Marissa zuckte mit den
Schultern, erklärte auf dem Weg zur Türe, dass sie
dann diese Frau doch kennenlernen wolle, und
öffnete die Wohnungstüre mit viel Elan. „Wer sind
Sie denn?", fragte Marissa nun zu Carmens
Überraschung. Carmen spürte, dass nun auch ihre
Anwesenheit benötigt wurde, und bewegte sich zur

Wohnungstür. Ihre Schwester hatte sich breit in den Eingangsbereich gestellt, sodass Carmen nur über die Schulter schielen konnte und erkannte Rolf. Gleichzeitig näherten sich Schritte über das Treppenhaus. Carmen versuchte, sich an ihre Worte des Nachmittags zu entsinnen. Sie hatte eindeutig erklärt, dass sie am Abend keinen Besuch wünschte und Ruhe nötig hatte. Warum hatte Rolf das nur nicht verstanden?

„Hallo, guten Abend Herr Ruhne! Wollen Sie ihrer Kollegin einen Genesungsbesuch abstatten?", hörte Carmen nun auch noch Simones Stimme.

Rolfs Gesicht lief knallrot an, er begann, wie bei einem Streich ertappt, zu stammeln. „Ähm … ja … nein … ich meine … wir waren doch verabredet!"

„Sind Sie dieser Lehrerkollege Rolf? Aber das hat meine Schwester doch abgesagt!", wehrte Marissa ihn hart ab. „Was wollen Sie noch? Sie benötigt wirklich Ruhe!" Carmen zog sich wieder weiter in den Flur zurück. Marissa schien alles unter Kontrolle zu haben.

„Aber warum darf die dann kommen?", fragte Rolf wie ein kleiner beleidigter Junge.

Simone lachte leicht auf. „Herr Ruhne, bei mir handelt es sich leider um keinen Privatbesuch! Sie waren doch gestern auch bei mir auf dem Präsidium! Aber Frau Meier kann ich diesen Weg nicht abverlangen!"

„Außerdem müssen Sie ihren Besuch auch nicht rechtfertigen!", unterstrich Marissa energisch. Carmen grinste, es war deutlich zu erkennen, dass ihre Schwester Rolf nicht ausstehen konnte. Vielleicht sollte Carmen es wirklich mit ihm sein lassen, denn für gewöhnlich hatte Marissa ein sehr gutes Gespür in dieser Beziehung. Jedenfalls, wenn es um Carmens Männer ging!

„Ich will aber mit ihr sprechen!", forderte Rolf nun lauter ein.

Carmen hörte, wie noch eine Tür geöffnet wurde, es musste die von Herrn Schnawiski sein! Und einen Moment später hörte Carmen auch schon seine Stimme. „Frau Meier? Werden Sie und Ihre Schwester beläschtigt? Sagen Sie es nur, dann bin ich sofort da!"

Marissa lächelte dankbar. „Kein Problem Herr Schnawiski! Das ist nur ein Kollege meiner Schwester!"

„Ach Herr Ruhne! Frau Meier ist doch noch krank! Man sieht ihr an, dass sie noch Ruhe braucht! Warum schreien Sie hier so rum und schtören Frau Meier?", richtete sich Herr Schnawiski direkt an den Störenfried.

Rolf schnaubte. „Halten Sie sich da raus, Schnawiski! Sie sind ja wohl der Letzte, der hier etwas zu sagen hat!"

Marissa lachte nun fast schon höhnisch! „Hören Sie mal gut zu! Ich denke nicht, dass Sie gerade einen so guten Eindruck hinterlassen, dass meine Schwester jemals gedenkt, wieder eine Einladung von Ihnen anzunehmen!"

Rolf knurrte laut auf, doch Simone meldete sich mit einer sehr sanften Stimme wieder zu Wort. „Herr Ruhne, ich bitte Sie, machen Sie doch nicht einen unnötigen Aufstand! Es ist doch eindeutig, dass Frau Meier Sie nicht empfangen will und ihre Schwester Ihnen auch keinen Einlass gewährt! Und ich habe wirklich momentan genug zu tun mit der

Aufklärung der Mordfälle, ich benötige wirklich keine weitere Anzeige wegen Ruhestörung oder Hausfriedensbruch auf meinem Schreibtisch!"

„Dann gehe ich halt! Aber sagen Sie Carmen, dass Sie das noch bereuen wird! Ich habe keine Lust darauf, verarscht zu werden! Und ich habe auch keinen Bock darauf, von euch abgedrehten Weibern der Witz des Tages zu sein! Bleibt gefälligst unter euch und lasst uns normale Menschen in Ruhe!"

Simone trat kopfschüttelnd in die Wohnung, die Marissa sofort mit dem zusätzlichen Türschloss absicherte. „Was war das denn? Und was meinte er damit, dass er nicht unser Witz des Tages sein will?"

Marissa atmete tief aus. „Vermutlich, weil er weiß, dass ich einmal mit Anita zusammen war! Er glaubt wahrscheinlich, dass Carmen auch ... Ach was soll´s! Wir haben wichtigere Rätsel zu lösen, als die geheimen Gedanken eines durchgeknallten und verprellten Lehrers!"

„Momentan interessiert mich alles Ungewöhnliche aus Carmens Leben!", entfuhr Simone ernsthaft.

Carmen seufzte tief auf und machte damit auf sich aufmerksam. Simone lächelte sie sofort an, was Marissa mit einem frechen Grinsen registrierte. „Bisher war mein Leben nicht so interessant! Ich bin eine ganz normale Lehrerin! Ich gehe jeden Morgen in die Schule, meistens irgendwann am frühen Nachmittag komme ich nach Hause, mache mir etwas zu essen, arbeite dann die Schularbeiten ab oder bereite den Unterricht für den nächsten Tag vor! Dreimal die Woche gehe ich für gewöhnlich ins Fitnessstudio. Meistens gehe ich Freitag nachmittags immer einkaufen, danach hole ich mir im Imbiss einen Snack. Zweimal im Monat treffe ich meine Schwester, des Öfteren gehe ich auch mit

Freunden aus. Nun vermutlich weniger, da eine mir weg ermordet wurde! Ansonsten telefoniere ich auch gerne, oder surfe ab und zu im Internet, aber nicht einmal in diesen seltsamen Chats oder Datingseiten, in denen man auf Verrückte treffen kann! Ich bin so etwas von harmlos und grau, wie kaum eine Zweite!"

Simone lachte auf und Marissa grinste unverschämt höhnisch. „Schwester, du untertreibst! Ich finde, du bist auch unansehnlich, wenig attraktiv, humorlos, dumm und eigentlich eine Zumutung für die Welt!"

„Blöde Kuh! Warum habe ich dich eigentlich gebeten, dass du zu mir kommst?", fragte sich Carmen angegriffen.

Simone kannte die Antwort. „Weil dich deine Ärztin sonst nicht entlassen hätte und du deine Versprechen hältst? Ich hoffe, du bist pflegeleichter als deine Worte? Hat dich der Schlag auf dem Kopf so verwirrt oder hast du noch mehr verrückte Briefe bekommen?"

Carmen schmollte. Hatten sich Marissa und Simone nun gegen sie verbündet? Marissa übernahm für sie das Antworten und führte den Gast ins Wohnzimmer. „Es traf eben auch noch ein Strauß schwarzer Rosen mit einer Liebeserklärung ein!"

„Wirklich? Schwarze Rosen? Wie romantisch!", stellte Simone süffisant fest. Überhaupt erschien sie Carmen zu dieser abendlichen Stunde weniger ernst, viel lockerer. „Und was hat denn der Gute für schöne Worte hinterlassen?"

„Warum muss es denn unbedingt ein Mann sein?", störte Carmen die beiden gereizt.

Simone drehte sich um, aber Marissa ging weiter zu den Rosen, grinsend bis zu beiden Ohren. „Nur ein

Mann hat so einen schlechten Geschmack! Glaub mir! Ich habe in meinem ganzen Leben noch nie so etwas bekommen!"

Simone hingegen sah Carmen noch immer eindringlich an, mit einer leicht entschuldigenden Geste sagte sie: „Du hast recht, es ist zu ernst um Witze darüber zu reißen! Und in der Tat glaube ich auch immer noch an eine Frau!"

„Ich wollte ... ich denke wie Marissa schon an einen Mann ... es war nur ...", setzte nun Carmen zögerlich an. Doch was wollte sie eigentlich mit ihrem Einwurf erreichen? Warum war sie so gereizt? „Es tut mir leid ... vermutlich ist doch alles zu viel! Wie ordnest du eigentlich nun Rolf´s Verhalten ein? Das war doch auch nicht normal!"

„Allerdings war es das nicht ...", kommentierte Marissa statt der Befragten. „Aber was erwartest du, wenn du dich mit einem verabredest, den eine andere Frau bereits abgelegt hat?"

„Na ja ... so ist das ja auch nicht wieder! Oder hast du bisher noch nie eine Beziehung gehabt und wurdest noch nie verlassen?", kam Simone zu Hilfe. Marissa schwieg getroffen und hielt Simone schweigend den Zettel des Blumenabsenders hin. Simone überflog die Zeilen, legte den Brief zur Seite, streifte schweigend ihre Jacke ab und ließ sich in die Tiefen des Sofas fallen. „Kann ich etwas zu trinken haben?"

Marissa erwachte wieder zu Leben. „Ja natürlich! Was willst du? Etwas Alkoholisches oder etwas Warmes?"

Simone schenkte dem Raum wieder ein Lachen. „Wenn es nicht zu viele Umstände macht, hätte ich gerne einen Kaffee und etwas zum Durst löschen! Aber bitte kein Alkohol!"

„Gut wird erledigt! Und du Schwesterherz? Darfst du eigentlich Kaffee trinken?", fragte Marissa besorgt.

Carmen warf ihr nur einen missmutigen Blick zu. „Natürlich! Ich bin doch kein Kind! Oder hat dir diese Ärztin etwas anderes erzählt, als mir?"

Während Marissa brummelnd in der Küche verschwand, wunderte sich Simone über Carmen. „Warum blaffst du sie so hart an? Sie ist nur deinetwegen da!"

Carmen fühlte sich wieder einmal ertappt! „Stimmt ja!", gestand sie kleinlaut ein. „Ich weiß auch nicht, was es ist!"

Marissa kehrte mit drei Gläsern und zwei Flaschen Wasser zurück. „Sie ist vermutlich nur eifersüchtig, Simone! Sie mag dich ... sehr sogar!" Marissa stellte die Getränke ab und verschwand wieder hinter der Schwingtür.

Simone lächelte ein wenig verlegen, aber Carmen war bereits auf der Suche nach einem Loch zwischen ihren Sofakissen, unter denen sie sich vergraben konnte. Was glaubte Marissa nur, sagen zu dürfen? „Also ...", begann Simone ernst, und Marissas Kommentar keine Beachtung schenkend. „... nun zu den Rosen! Wer wusste, dass du heute aus dem Krankenhaus entlassen wirst?"

Carmen war froh, dass Simone wieder sachlich wurde. „Du, meine Schwester, Rolf, die neue Ärztin und deren Praxis und natürlich das Krankenhaus! Ich weiß nicht, wem Rolf es alles erzählt hat!"

„Hm ... und was haltest du selbst von diesen Zeilen? Kennst du die Handschrift?" Simone reichte Carmen den Brief zur Kontrolle.

Carmen sah sich die Schrift genauer an. „Nein, leider nicht ... oder doch? Ich sehe jeden Tag so viele Handschriften ... keine Ahnung! Ich muss gestehen, dass ich auch nicht fit bin! Aber ich habe viele Briefe, Karten und ähnliches, die wir vergleichen könnten! Vielleicht ist es ja wirklich jemand aus meiner nächsten Nähe!"

„Sehr gute Idee! Hast du auch Schriftproben von Renate?", fragte Simone nun ganz direkt.

„Wieso? Ja, habe ich ... Aber du wirst sie doch nicht verdächtigen?", staunte Carmen!

Simone lächelte nur, mied aber Carmens Augenkontakt. Marissa kehrte wieder zurück, beladen mit drei dampfenden Tassen Kaffee. „Was ist hier denn für eine bedrückte Stimmung? Ihr müsst euch doch von der Farbe dieser Rosen nicht anstecken lassen!"

Simone lächelte noch verlegener, erklärte aber ihre Vermutung. „Ich werde jedenfalls checken, wer den Blumenstrauß in Auftrag gegeben hat. Auch wenn ich nicht glaube, dass der Täter so dumm war, seinen wahren Namen anzugeben! Ich denke übrigens, dass Renate nicht die Person ist, die du siehst, Carmen!"

„Was macht sie verdächtig? Warum soll sie Menschen umbringen wollen? Sie ist vielleicht mit ihren Worten bissig, doch niemals gewalttätig. Und warum sollte sie mir Rosen schicken?", zweifelte Carmen deutlich.

Marissa hingegen verstand Simones Gedanken. „Warum nicht? Du hast doch erzählt, dass sie sich in letzter Zeit seltsam verhält! Hast du dir nicht eine Pause von ihr erwünscht? Doch nicht ohne Grund!"

„Wirklich? Das wäre doch ein Anlass, dass sie sich noch mehr um dich bemühen muss! Wie auch immer ... natürlich kann es auch jemand ganz anderes sein! Hast du irgendjemand, außer Rolf Ruhne und Renate Huber zurückgewiesen, eine Einladung abgelehnt oder nicht beachtet?", fragte Simone wieder ganz Kriminalbeamtin.

„Ich ... weiß nicht ... wie ich vorhin bereits andeuten wollte, ich bin doch nicht so begehrenswert ...", setzte Carmen verlegen an.

„Carmen, es ist nicht die Zeit für Spielchen!", ermahnte sie ihre Schwester. Simone grinste nur amüsiert und erwartete noch immer Antworten auf ihre Fragen.

Carmen versuchte, in ihrem Gehirn die letzten Wochen zu durchforschen. „Ich kann mich wirklich an niemanden erinnern! Rolf fragte mich immer wieder ... Ich ging häufiger mit Anita essen, da sie wieder Probleme mit Jürgen hatte! Und dann war da noch ... aber das glaube ich nun wirklich nicht! Von ihm habe ich seit Wochen nichts mehr gehört! Er ist auch nur ein Kollege! Nicht einmal das ... er war als Aushilfe da, solange Jens Brühner krank war! Aber er ist schon nicht mehr in der Schule und ich war nur zweimal mit ihm aus! Ich fand ihn beim zweiten Mal bereits seltsam und habe versucht, ihm auf eine nette Art zu erklären, dass wir wohl nicht zusammenpassen! Er hat mich noch zweimal oder vielleicht auch viermal angerufen, aber das war es dann auch!"

„Und wie heißt er? Wo wohnt er?" Simone zückte aus ihrer Jacke ein kleines Notizbuch.

Carmen wurde es mulmig. „Thorsten Heine! In einer Abzweigung der Ackermannstrasse! Aber ich weiß die genaue Straße nicht! Er hat mir nur von außen das Haus gezeigt, es war eine typische Neubausiedlung!"

„Kein Problem, das krieg ich raus!", erklärte Simone bestimmt und tippte bereits auf ihrem Handy. Sie gab die Daten von Thorsten durch und wies einen Gesprächspartner an, Herrn Heine sofort zu überprüfen, insbesondere auf Alibis! Nachdem sie ihr Gespräch beendet hatte, wendete sie sich wieder an Carmen. Diese sah die Augen ihrer Schwester auf sich gerichtet, fast schon einschüchternd. „Also ... warum hast du mir bisher nie von ihm erzählt?", wollte Simone nun verschnupft wissen. „Es kann sein, dass nur deshalb zwei Menschen zu viel gestorben sind!"

„Das ist unfair!", stand Marissa ihrer Schwester tapfer zur Seite. „Ihr kennt euch wirklich noch nicht gut! Wenn du Carmen nämlich kennen würdest, wüsstest du, dass sie wirklich so naiv ist! Auf jeden Fall, wenn es um Gefühle geht! Sie trampelt mit ihren Patschefüßchen über die Herzen ihrer Umwelt und ist sich absolut keiner Schuld bewusst!"

Simones Lächeln kehrte zurück. „Ach ja? Kennst du vielleicht noch jemanden persönlich, dem das bei ihr widerfahren ist?"

„Marissa! Das gehört hier wirklich nicht her!" Carmen schreckte hoch, wurde blass und begann zu betteln. „Bitte! Lass dieses Thema ruhen!"

„Ist schon gut!", willigte Simone sanft ein. Marissa hingegen sah sie nur offen erstaunt an. Ihre Augen zweifelten an Carmens Verstand, doch auch sie gab Carmens Drängen nach. „Gut ... lassen wir es in den Tiefen deiner Erinnerung ruhen! Aber irgendwann werden sie dich wieder einholen! Meiner Meinung spätestens nächste Woche!" Simones Augen wechselten zwischen den Schwestern hin und her und Carmen fürchtete nun fast schon ihren scharfen Verstand, doch sie blieb gutmütig. „Wenn die Zeit gekommen ist, wirst du es mir schon noch erzählen! Hast du vielleicht doch auch eine Schriftprobe von Rolf? Seine Alibis waren zwar glaubhaft, doch wir haben sie noch nicht überprüft, da er bisher noch nicht oben auf der Liste war!"

Carmen ging zu ihrem Schreibtisch, öffnete die unterste Schublade und fischte die gebündelten Päckchen Briefe und Karten heraus. „Ich habe sie namentlich sortiert! Von dem her ist es einfach, den Text gleich einem Namen zu zuordnen." Doch ein wenig zögerte sie dann doch, die Briefe auszuhändigen. Sie prüfte nochmals die Absender, sortierte zwei Päckchen aus und übergab den Rest des Stapels an Simone. Marissa lächelte seufzend, sprach ihre Gedanken aber nicht aus.

„Ich finde nichts von Rolf!" Simone durchsuchte nochmals genauer die Briefe und Karten, doch zuckte nur unzufrieden mit ihren Schultern.

Carmen nahm ihr verwundert den Stapel Papier aus der Hand und prüfte selbst noch einmal Umschlag für Umschlag durch. „Komisch ... echt seltsam! Ich habe letztes Jahr, als ich ihm eine Genesungskarte zu seinem Unfall geschrieben habe, von ihm einen sehr langen netten Antwortbrief erhalten. Ich habe ihn doch nicht weggeworfen?"

„Glaube ich bei dir Ordnungsfanatikerin auch nicht!", meldete sich Marissa wieder zurück! „Und in dem aussortierten Stapel ist der Brief nicht?"

Carmen mühte sich aus ihrem Sessel hoch, ihr Kopf schmerzte wieder, ein kleiner Schwindel zwang sie wieder zurück in die Polster. „Lass mich sie dir bringen!", bot sich Simone an, wartete keine Zustimmung, sondern erhob sich einfach. Carmen sah ihr nach, bemerkte zufrieden, dass Simone die Briefe nicht ansah, sondern einfach hochhob und ihr in die Hand drückte.

„Danke!", hauchte Carmen ihr dafür nur zu. Sie sah die Briefe genau durch, doch sie fand nur die vermuteten, sehr persönlichen Schriftstücke. „Nein, leider ist er nicht dabei! Vielleicht habe ich ihn wirklich versehentlich weggeworfen!"

„Und wo heftest du unwichtige Briefe, oder Geschäftsbriefe ab?", wollte Marissa wissen.

Carmen seufzte angestrengt. Es war schwierig, so viele persönliche Details preiszugeben. „Ich ... ich lege Geschäftspost, die aufbewahrt werden muss, sofort in seinen Ordner! Die Unterlagen, die nur kurz aufbewahrt werden müssen, oder ich schnell greifbar brauchen könnte, bewahre ich in der zweiten und dritten Schublade meines Schreibtisches auf."

„Gut ... vielleicht ist er doch da dazwischen gerutscht! Selbst einer Perfektionistin wie dir kann so etwas passieren!", warf Marissa ein.

„Könnte sein! Ich werde gleich nachsehen!", versprach Carmen immer schwächer.

Doch nun sprang Marissa hoch. „Lass mal! Ich mach das für dich!"

Simone sah ihr nach. „Sie ist nett! Fast so nett wie du! Hast du ..."

Doch dann wurde Simones Satz von einem lauten Schrei aus Marissas Kehle unterbrochen. Sie sprang vom Schreibtisch zurück, als wäre darin eine Bombe versteckt. Sie deutete nur immer wieder mit ihrem Finger auf die halb geöffnete Schublade, doch war nicht mehr in der Lage, etwas zu sagen. Nur noch leise krächzende Worte entsprangen ihrem Mund.

Carmens Kreislauf wurde wieder erweckt. „Was ist denn los? So eine große Unordnung habe ich doch auch wieder nicht in dieser Schublade!"

Simone stand entschlossen auf und öffnete die Schublade noch ein wenig mehr. Sie riss mit einem tiefen Atemzug ihre Augen auf, doch entgegen Marissas Reaktion, verhielt sie sich sehr ruhig. „Sag mal, Carmen ... wer hat eigentlich alles einen Schlüssel zu deiner Wohnung?"

Carmen verstand die beiden Frauen nicht mehr. „Was ist denn los? So unordentlich sieht es in meinen Schubladen auch wieder nicht aus!", versuchte sie nochmals verzweifelt zu scherzen.

Allerdings war Simone in einer völlig anderen Stimmung! Sie betrachtete Carmen sehr ernst, Marissa stand noch immer mit bleichem Gesicht neben ihr. „Carmen! Es gibt nun zwei Möglichkeiten! Du hast deine Schublade tatsächlich selbst mit diesem Inhalt befüllt, oder ..."

„Was ist denn drin? Man könnte meinen, ich hätte da eine tote Ratte versteckt!", konterte Carmen.

Marissa wimmerte kurz auf: „So etwas Ähnliches! Das ist echt zu viel für meine Nerven! Wie packst du das denn so locker?"

Simone lächelte kurz. „Das ist mein Beruf, Marissa! Ich sehe so etwas leider viel zu oft und noch viel Schlimmeres in der Realität! Das Leben ist der größte Krimi! Aber nun zu dir zurück! Entweder, du hast das hier selber in der Schublade platziert, oder es hat dir jemand hineingelegt. Wann hast du zuletzt diese Lade geöffnet? Wer hat alles einen Schlüssel?"

Carmen wurde es zu bunt, sie stand mit aufgerichteten Nackenhaaren auf, schubste Simone zur Seite und überprüfte selbst den Inhalt der Schublade. Sie erstarrte. Sie schrie nicht wie ihre Schwester auf, doch sie konnte auch nicht mehr wie gewohnt logisch denken. Eine Ewigkeit schien vergangen zu sein, als Simones Stimme wieder zu ihr durchdringen konnte. Langsam wurden ihre Worte deutlicher. „... du musst dich erinnern und mir wirklich alles offen sagen! Ich weiß, dass du für Porter ein Alibi hattest, ich weiß, dass du ein durch und durch harmloser Mensch bist, aber ich muss nun auch wissen, wie diese Bilder in deinen Schreibtisch gelangt sind!"

Carmen wollte hineinfassen, doch Simone hielt sie zurück. „Nein, es könnten Fingerabdrücke darauf sein!"

Carmen konnte ihren Blick einfach nicht abwenden, auch wenn der Anblick nur noch grausam war. Wie, wenn man an einem Unfall vorbeifuhr! Jeder wusste, dass man nicht stehen bleiben sollte, nicht als Gaffer noch einen weiteren Unfall verursachen durfte, aber wer konnte seinen Blick schon abwenden? Es waren vier Bilder, schön ordentlich nebeneinander aufgereiht, sodass jedes für sich wirken konnte! Die Schublade wurde so zu einer eigenen kleinen Galerie missbraucht worden! Auf dem ersten war Direktor Hofmeister zu erkennen, an seinem Schreibtischstuhl, gefesselt und stranguliert! Seine Augen standen weit offen hervor, sein Mund war aufgerissen, nach Luft bettelnd mit Papier gestopft. Der Todeskampf sprang einen nur so an. Auf dem zweiten Anita, das Halsband um den Hals noch gebunden, saß sie auf einem großen Lederbürostuhl. Sie wirkte eigentlich sehr lebendig, doch ihre Augen gingen ins Leere! Auf dem dritten Bild war ein für Carmen unbekannter Mann abgebildet. Sie konnte nur ahnen, dass dies der Journalist gewesen sein musste, denn sie erkannte den Schulkopierer im Hintergrund. Das vierte Bild zeigte noch einen Menschen! Simone erkannte offensichtlich das Ziel von Carmens Augen. „Wer ist das Carmen? Kennst du ihn? Wer ist der Vierte?"

Carmen schluckte tief und betroffen. Sie versuchte den Hintergrund zu erkennen, und glaubte einen Kellerraum in ihrer Schule zu sehen. Der Mann war an einem Regal fest gekettet, wirkte ausgelaugt und erschöpft. Aber war er tot? Sie musste sich überwinden, den Namen laut auszusprechen, ihr Gesicht spiegelte immer mehr Ekel wider. „Es ist Thorsten!"

„Die Nervensäge?", fragte Marissa monoton, noch immer unter Schock stehend.

Simone war vollkommen Herrin der Lage. „Dann kann ich meine Kollegen anrufen, dass sie ihn nicht mehr überprüfen müssen. Erkennst du vielleicht auch den Raum?"

Carmen schnappte nach Luft. „Ich ... glaube ... ein Kellerraum unter dem Nebengebäude!"

Simone sah sie lange und prüfend an. Dann beschloss sie, Anweisungen zu erteilen! „Marissa, du wirst deine Schwester mit zu dir nehmen! Gib mir deine Adresse und deine Telefonnummer! Hier wird es in einer viertel Stunde nur so von Kollegen der Spurensicherung wimmeln! Und ich werde heute Abend noch bei euch vorbei kommen! Carmen, dieser Typ hat es auf dich abgesehen und er nähert sich dir immer mehr! Wer kommt in deine Wohnung, ohne Spuren zu hinterlassen? Stell eine Liste auf! Wer kann sich deinen Schlüssel nehmen, oder vielleicht auch von einer dritten Person entleihen? Schreib alles auf, und wenn es noch so verrückt ist! Er war bereits in deiner Wohnung, verdammt nochmal!"

„Ich finde das nicht witzig! Am Besten, wir verschwinden wo ganz wo anders hin! Ich gebe dir meine Handynummer, dann kannst du kurzfristig anfragen, wo wir sind!", beschloss Marissa kampfeslustig. „Ich lasse nicht zu, dass er mir mein letztes Stück Familie wegnimmt!"

Simone grübelte kurz, stimmte Marissa dann aber zu! „Gut ... am Besten zu Menschen, die überhaupt keine Verbindung zu Carmen haben und denen du vertraust! Und achte darauf, dass ihr von niemandem verfolgt werdet! Wenn dir etwas seltsam vorkommt, rufe mich an, dann bin ich sofort unterwegs!"

„Und warum erzählst du das alles ihr und nicht mir?", fragte Carmen leise.

Simone lächelte, ging auf Carmen zu, drückte sie und erklärte dann ihr Verhalten. „Du bist nicht fit, du merkst nicht einmal, dass ein Fremder in deiner Wohnung war und du merkst nicht, dass du beobachtet wirst! Und zwar ständig! In deinem Privatleben, in deinem Beruf! Dieser Mensch weiß sehr viel von dir, sogar wo du deine Briefe ablegst! Entweder gehört diese Person in dein engstes Umfeld oder ..."

„Gut! Ich bin naiv ... gutgläubig ... aber ich kann auch selbst denken! Und nun bin ich ja gewarnt! Was kann als Nächstes geschehen?", dachte Carmen bereits weiter.

Simone schüttelte erstmals verzweifelt ihren Kopf. „Ich weiß es nicht! Wirklich, ich weiß es nicht!"

Carmen setzte sich neben ihre Schwester auf den Beifahrersitz. Diese fuhr sofort mit quietschenden Reifen los. „Hast du auch genügend eingepackt?", fragte sie fast schon flüsternd.

„Ich glaube, wir können hier laut miteinander sprechen!", bemerkte Carmen grinsend. „Irgendwie fühle ich mich in einen James Bond Film versetzt."

Marissa grummelte. „Eher eine spannende Folge deiner Lieblingsserie! Kannst du mir vielleicht unter vier Augen verraten, wer hinter dir her ist?"

Carmen stöhnte. „Ich weiß es doch wirklich nicht! Ich kann mir keinen Menschen in meinem Leben vorstellen, der zu so grausamen Dingen in der Lage wäre! Das ist doch verrückt!"

„Oh ja! Das ist es allerdings!", knurrte Marissa hörbar ungehalten.

„Wo fahren wir eigentlich hin?", wollte Carmen endlich wissen. „Hast du denn schon einen Plan? Ich habe mir auch überlegt, dass wir keine Bankkarten benutzen dürfen! Damit kann man doch immer aufgespürt werden!"

Nun musste Marissa doch lachen. „Ach Carmen, ich wollte schon immer etwas gemeinsam mit dir unternehmen! Ich habe mir letztens sogar überlegt, ob ich dir nicht einmal so ein Krimiwochenende schenke, nur damit du mal länger für mich Zeit hast, doch dass wir das real erleben, habe ich echt nicht gedacht!"

„Ich habe zu wenig Zeit für dich?", hörte Carmen nur. „Warum hast du das denn nie gesagt? Oder mich gefragt, ob wir gemeinsam wo hinfahren können? Wie wäre es, wenn wir einfach etwas buchen? Wenigstens ein gemeinsames Wochenende!"

Marissa kicherte und schüttelte verständnislos ihren Kopf. „Du bist schon ´ne Marke! Aber wenn das alles hier vorbei ist, dann fahren wir übers Wochenende gemeinsam weg! Es soll in Tschechien ganz tolle Wellness-Angebote geben, die sogar für unseren Geldbeutel geeignet sind!"

„Super Idee! Und wo bringst du mich jetzt hin?" Carmen sah aus dem Fenster. Das Stadtviertel war ihr zwar bekannt, doch sie kannte hier niemanden, auch nicht aus der entfernten Familie. Die Straßen wurden immer kleiner, enger und weniger beleuchtet. Marissa führte sie in ein sehr ruhiges und gediegenes Wohnviertel.

„Kannst du dich noch an Herbert erinnern?" Marissa grinste Carmen an, labte sich an deren überraschtem Blick.

„Du meinst den Typen, mit dem du deine Ausbildung gemacht hast? Der mit dem seltsamen Glucksem, der unsere Eltern immer so genervt hat? Was ist mit ihm?"

„Zu ihm fahren wir! Er war sofort bereit, uns Unterschlupf zu geben! Und auf ihn kommt niemand! Du hast ihn doch noch nie in deinem Leben getroffen!", erklärte Marissa stolz.

Carmen wurde es aus unerklärlichen Gründen mulmig im Magen. „Ja ... stimmt! Ich habe nur von ihm gehört ... nicht einmal gewusst, dass ihr noch Kontakt habt! Aber wo und wie lebt dieser Typ denn jetzt?"

„Ach, ganz gut!", erzählte Marissa gut gelaunt. „Er hat ein Häuschen, eine Ehefrau, die momentan auf einer Bildungsreise ist und eine Katze! Er hat übrigens inzwischen einen eigenen Laden, in dem er

Krimskrams für Touris verkauft! Aber nenne es nicht vor ihm so, er meint, dass er mit Antiquitäten handelt! Ich lass ihn in dem Glauben, dann ist der glücklich! Hauptsache, er kann davon leben!"

„Und wo wohnt er denn?", wollte Carmen noch immer nicht zufriedener wissen.

Marissa lenkte den Wagen an den Straßenrand, riss an der Handbremse, legte den ersten Gang ein und zog den Zündschlüssel ab. „Wir sind da! Na komm schon, gehen wir rein!"

Carmen sah ungläubig durch das Fenster auf die Gartenzäune um sie herum. Zögerlich folgte sie dem Beispiel ihrer Schwester und stieg aus der scheinheiligen Sicherheit des Wagens hinaus in die dunkle Nacht. Die Straße war nur schlecht beleuchtet. Das lag zum einen an den nur wenigen Straßenlaternen und zum anderen war zusätzlich die Leuchtröhre direkt über ihnen ausgefallen. Hinter den dunkel gestrichenen Gartenzäunen schmiegten sich hohe undurchsichtige Hecken an, die eine eigenartige abweisende Aura verbreiteten! Oder war es eine Unheimliche? Es herrschte eine düstere Stimmung, außer den Geräuschen, die Marissa durch ihre Aktivitäten am Kofferraum verbreitete, war nichts zu hören. Carmen schauderte. Eine unerklärliche Angst kroch durch ihre Adern. Sie suchte die Straße ab, doch konnte außer einigen wenigen weiteren geparkten Wagen nichts erkennen. Und doch fühlte sie sich beobachtet. Oder war es einfach nur doch die unterschwellige Angst, verfolgt zu werden? Wurde auch sie sich endlich der Gefahr bewusst? War sie in Gefahr? Marissa tippte ihr auf die Schulter, Carmen zuckte erschrocken zusammen und schrie kurz auf. Marissa schüttelte wieder verwundert den Kopf. „Was ist denn? Außer mir ist niemand hier! Na komm schon, lass uns reingehen und einen Tee trinken, dann geht es dir wieder besser!"

„Ich glaube, ein Glas Wein wäre besser!", gestand Carmen ängstlich ein. Doch Marissa überhörte ihren Kommentar einfach und ging, noch immer kopfschüttelnd, voraus in einen Garten. Carmen musste sich beeilen, den Anschluss halten zu können. Und den wollte sie unbedingt, denn im Garten, auf dem Weg zu dem schwach beleuchteten Hauseingang, fühlte sie sich noch immer nicht wohler. Der Weg war eingesäumt von hohen Büschen. Nur an wenigen lichten Stellen konnte Carmen dahinter noch eine weitere Rasenfläche und einen Swimmingpool erahnen. Kaum hörbar vernahm Carmen ein Knacksen hinter sich und wurde noch schneller, überholte ihre Schwester fast, schubste sie an, schneller zu werden. Diese aber wunderte sich nur noch mehr über Carmen. Endlich waren sie an der Sicherheit versprechenden Haustüre angelangt. Sie war sympathisch weiß mit vielen kleinen Fenstern, die Licht aus dem Flur nach außen dringen ließen. Marissa hatte noch nicht den Knopf der Türklingel gedrückt, da öffnete sich bereits die begehrte Pforte.
Ein etwas untersetzter, klein gewachsener Mann drückte Marissa herzlich. „Schön, dass ihr da seit! Da ist mir auch nicht so langweilig! Hallo, ich bin Herbert! Und du musst Carmen sein! Deine Schwester hat mir schon oft von dir vorgeschwärmt! Aber kommt doch rein!"

Carmen war erstaunt über die herzliche Begrüßung, folgte nur zu gern der Aufforderung und betrat das Haus. Marissa begann eine lebhafte Unterhaltung mit dem Gastgeber, doch Carmen war einfach nur froh, endlich wieder in einem beleuchteten und warmen Raum zu sein. Ohne zu fragen, ging sie weiter durch den Flur. Eine Tür stand etwas offen. Carmen stieß sie noch ein wenig mehr an, sodass sie mehr erkennen konnte. Es handelte sich um die Küche. Es war deutlich zu erkennen, dass hier für gewöhnlich eine sehr ambitionierte Hausfrau ihres Amtes waltete. Carmen ging weiter und entdeckte das Wohnzimmer, mit einem gemütlichen Sofa vor einem großen LCD-Fernseher ausgestattet. Es war einladend und Carmen nahm spontan die Einladung an. Mit einem erlösenden Seufzer ließ sie sich auf die Polstergarnitur fallen, streifte ihre Schuhe ab und zog ihre Beine an sich heran. Aus dem Hintergrund hörte sie Stimmengemurmel. Sie erkannte die beruhigende Stimme ihrer Schwester, lachend und entspannt. Herbert erklärte etwas, Carmens Kopf wurde immer schwerer, Marissas Stimme immer leiser. Dann forderten die Anspannung und die Wirkung der eingenommenen Medikamente ihren Tribut.

Irgendwo klapperten gedämpft Geschirr und Besteck. Eine Kaffeemaschine brodelte. Und Menschen unterhielten sich. Es roch nach einem Gemisch aus frischen Brötchen, die im Backofen ihre verzehrfähige Konsistenz annahmen, braunem Wachmacher und Rosenblüten. Zwei Frauen wurden von einer Männerstimme unterbrochen. Eine Frau lachte losgelöst. Carmen öffnete ihre Augen, sah kleine Lichtstrahlen durch die kleinen Ritzen eines herabgelassenen Rollos dringen. Wo war sie nur? Sie spürte ein kleines Kissen unter ihrem Kopf. Ihre Hand tastete sich unter der Decke hindurch an die kühle Oberfläche und spürte nur kurz neben ihrem Körper die Kante zu einem Abgrund. Langsam begann sie, sich zu erinnern. Marissa hatte sie zu ihrem ehemaligen Kollegen gebracht! Herbert! Sie trafen ein und Carmen hatte sofort das Sofa entdeckt. Offensichtlich war sie umgehend eingeschlafen und irgendjemand hatte sie noch mit einer Wolldecke versorgt. Carmen hob vorsichtig ihren Oberkörper. Ihr Kopf fühlte sich ungewohnt gut an, nichts mehr von einem leichten Schwindel und auch kein kleiner Schmerz mehr war zu spüren. Sie streckte ihre Beine aus der Wolldecke, gewöhnte sich langsam an die kühlere Raumtemperatur und ihre Augen langsam an die Lichtverhältnisse. Carmen entdeckte hinter sich die Zimmertüre. Am unteren Spalt zum Boden trat Licht ein. Sie erhob sich und drückte die Türklinke. Das Schloss quietschte ein wenig und wie auf einen Befehl hin verstummten die Stimmen aus dem Nebenraum. Carmen fühlte sich ertappt. Schritte näherten sich. Carmen ließ die Türklinke wieder los und trat einige Meter zurück in den dunklen Raum. Die Türe öffnete sich, ein greller Lichtkegel blendete Carmen. Sie erkannte im Türrahmen die Umrisse einer Frau, die sie ansprach: „Guten Morgen Schlafmütze! Wieder fit für die neuesten Nachrichten?"

„Simone?", erkannte Carmen erleichtert!

Simone war gut gelaunt. „Ja, höchstpersönlich! Wenn du willst, kannst du wieder zurück in deine Wohnung!"

„Echt? Habt ihr ihn?" Carmen konnte es kaum fassen.

Simone war bereits auf dem Weg zurück zu den anderen, Carmen musste ihr wohl oder übel folgen. In der Küche saßen Marissa und Herbert bereits zum Frühstück bereit. Herbert erhob sich sofort, bot Carmen einen Platz an und schenkte ihr eine Tasse Kaffee ein. Es waren so viele neue Eindrücke, dass Carmen Mühe hatte, Simones Bericht zu folgen. „Auf den Bildern haben wir nichts gefunden! Aber an der Außenseite der Schublade war ein Fingerabdruck!"

„Von wem?", kam Marissa der wissbegierigen Carmen zuvor. Herbert beschränkte sich bescheiden auf die Rolle des stillen Beobachters.

Simone genoss die ihr zugeteilte Hauptrolle. „Von Renate! Wir haben sie noch genauer überprüft und es passt eigentlich alles! Sie war die letzte Person, die Herrn Hofmeister lebend gesehen hatte! Anita vertraute ihr sicherlich und sie konnte sie leicht überwältigen. Für die Tatzeit der Ermordung von Peter Porter hat sie auch kein Alibi!"

„Aber als Anita starb, war Renate doch bei mir! Und warum sollte sie auch nur einen von den Opfern etwas Böses antun wollen?? Ich sehe kein Motiv! Du hast alle meine Vorschläge immer mit dem Argument des fehlenden Motives abgelehnt!" Carmen wollte Simones Überzeugung nicht folgen. „Was ist mit Thorsten?"

„Oh der lebt noch! Wir haben ihn, wie du vermutet hast, im Keller des Nebengebäudes gefunden! Er ist zwar noch nicht in der Lage, ein einziges Wort von sich zu geben, aber die Ärzte sehen gute Chancen, dass er es schafft! Und dann brauchen wir nur noch seine Aussage!", erklärte Simone gut gelaunt und strich sich gierig ein großes Stück Brötchen in den Mund. „Und das Motiv von Renate ... Du müsstest mal ihre Wohnung sehen! Sie hat eine Wand nur mit Fotos, die an gemeinsame Erlebnisse mit dir erinnern! Und ihr Tagebuch oder Kalender, wie man es auch nennen will, ist eine einzige Aufzählung von Treffen mit dir! Sie ist in dich verschossen!"

„Blödsinn!", entfuhr Carmen wütend. Eine innere Stimme sagte ihr deutlich, dass Simone die Situation völlig falsch einschätzte! „Ich weiß, dass Renate überhaupt nichts mit diesen Morden zu tun hat! Und wie hätte sie die Opfer quer durch das Schulgebäude schleppen sollen? Sie ist alles, aber nicht gerade kräftig!"

„Finde ich nicht! Sie hat sich ganz schön bei ihrer Verhaftung zur Wehr gesetzt! Meine Kollegen hatten Mühe sie unter Kontrolle zu bringen! Aber wir fanden auch einen Transportwagen, an dem das Blut von Anita klebte und auf dem sich ebenfalls Fingerabdrücke von Renate abzeichneten.", bestärkte Simone ihre Aussage.

Carmen lachte verzweifelt auf. „Natürlich! Diese Wägen benutzen alle Lehrkräfte, die im Nebengebäude arbeiten! Renate unterrichtet auch Bio! Sie transportiert damit ihre Lehrmaterialien! Es ist ein totaler Unsinn, dass du sie verdächtigst!"

„Wie kommen denn die Fingerabdrücke an deinen Schreibtisch?", schaltete sich nun auch Marissa mit ein.

Carmen rollte mit ihren Augen. „Wisst ihr eigentlich, wie oft sie in meiner Wohnung war? Wir haben oft gemeinsam Aufgaben bei mir oder auch bei ihr korrigiert! Dann ist diese Arbeit nicht ganz so öde! Was sie auch ausschließt, dass sie keinen Schlüssel zu meiner Wohnung hat! Wie soll sie unbemerkt die Bilder dort hinterlegt haben? Ich habe letzten Montag zuletzt am Schreibtisch gesessen und auch diese Schublade geöffnet! Außerdem muss das Bild von Anita und Thorsten ja frisch geschossen worden sein! Es muss also jemand während meines Krankenhausaufenthalts in meiner Wohnung gewesen sein! Warum fragst du eigentlich nicht Schnawiski, ob er jemanden gesehen hat?"

„Habe ich doch!", entgegnete Simone schärfer werdend. „Er hat Renate gesehen!"

„Was hat sie denn nur gewollt? Vielleicht dachte sie, dass ich schon aus dem Krankenhaus zurück wäre, und wollte mit mir sprechen!", fragte sich Carmen leise verzweifelt.

Marissa schüttelte wieder ihren Kopf. „Du kapierst es einfach nicht! Vermutlich war sie in deiner Wohnung? Es passt doch alles zusammen wie ein gut funktionierendes Puzzle! Warum siehst du es nicht ein?"

Carmen sackte in sich zusammen. Wie sollte sie der Welt begreiflich machen, dass sie sich irrte? Nur sie selbst wusste, dass sich Renate nun völlig unschuldig in Untersuchungshaft befand. Wenn sie nur mit ihr sprechen könnte, dann könnte sie sicher alles aufklären!

Nur wenig später verließen sie Herberts Haus, kauften frische Lebensmittel für Carmen ein und kehrten am frühen Nachmittag in die Wohnung zurück. Das Schloss wurde auf Simones Drängen von Carmens Vermieter bereits ausgetauscht. „Brauchst du noch etwas?" Marissa versuchte bereits seit Stunden, Carmens eisernes Schweigen zu brechen, doch diese seufzte nur wieder tief betroffen auf. „Simone will doch niemanden zu Unrecht vorverurteilen! Aber du musst doch zugeben, dass Ihre Argumente stechen!"

Carmen stellte die Tasche mit Lebensmittel auf der Küchenplatte ab. „Sie stechen auf jeden Fall in Renates Seele! Ich denke immer zu an sie, wie sie sich fühlen muss! Es muss furchtbar sein, von der Polizei vernommen zu werden, nicht zu wissen, welche Antwort mich noch mehr ins Verderben reitet! Ich hoffe nur, dass sie einen guten Anwalt hat, der diesem Unfug ein Ende setzt!"

„Was macht dich nur so sicher?", zweifelte Marissa hörbar an ihrer Schwester. Doch ihre Gesichtszüge wirkten auch über Carmens wieder zurückgekehrte Kommunikationsbereitschaft sehr erleichtert. „Es passt doch wirklich alles zusammen! Sie hatte die Gelegenheiten und das Motiv!"

„Motiv?", entfuhr Carmen höhnisch! „Nur weil du auf Frauen stehst, und diese sogenannte Kriminalkommissarin vermutlich auch, können wir restlichen Frauen auf dieser Welt durchaus auch noch eine ganz normale Freundschaft pflegen! Und auch ich bewahre noch Erinnerungsfotos an das eine oder andere Erlebnis auf! Dass ich grundsätzlich nicht pflege, persönliche Fotos an die Wand zu hängen, entlastet mich nun auch nicht!"

„Du glaubst also, dass wir alles durch unsere Brille sehen? Warum bist du eigentlich so fest überzeugt, dass Simone auf Frauen steht? Ich konnte an ihr überhaupt keine Anzeichen erkennen! Nicht mehr, als an dir!", warf Marissa wütend zurück. Carmen wusste nicht, was sie auf diese Fragen erwidern sollte, wusste nicht mehr, an was sie ihre eigenen Vermutungen festmachen wollte! Und sie konnte Marissas Worte nicht mehr einordnen. Und ihre Schwester kam erst richtig in Fahrt! „Ich weiß nicht ... manchmal glaube ich, dass du nur so homophob bist, weil du deine eigenen Neigungen einfach nicht wahrhaben willst! Du trampelst auf den Gefühlen deiner Mitmenschen nur so herum, weil du deine eigenen Gefühle nicht eingestehen willst!"

„Ich soll was sein?" Carmen fühlte sich überfahren, konnte nicht fassen, was ihre Schwester als Vermutung in den Raum stellte. „Ich bin doch nicht ... wie kommst du nur darauf? Ich habe doch nie ...?"Carmen stotterte nur noch, bis sie ganz die Worte verlor. „Warum sagst du mir so etwas? Was habe ich dir denn getan?"

„Was gibt dir eigentlich das Recht, so sauer zu reagieren? Und warum fühlst du dich angegriffen, nur weil ich glaube, dass du mir ähnlicher bist, als du glaubst? Was weist du denn überhaupt über mein Leben?", fragte Marissa vorwurfsvoll. „Warum glaubst du, will ich endlich einmal mehr Zeit mit dir verbringen? Damit wir endlich über dieses oberflächliche Telefonieren hinweggehen können!" Marissa atmete tief ein, musste sich Kraft holen, ihrer Schwester gegenüber weiter ehrlich sein zu können. „Ich will dich nicht verletzten! Aber seit Jahren stehe ich neben deinem Leben, höre deine Geschichten, beobachte, wie du Menschen in die Ecke schiebst, sie benutzt und sie wieder wegwirfst! Hannes war eigentlich gar nicht so übel! Nur, er war nicht der Richtige für dich! Anita ... sie wollte dich wirklich, Carmen! Nur konnte sie doch nicht ihre Sicherheit für dich aufgeben! Was hätte sie denn schon von dir erhalten? Du hast sie immer mit der emotionalen langen Leine an dich gebunden, mehr aber doch nicht! Kein Wunder, dass Jürgen regelmäßig ausgeflippt ist! Er war der Einzige, der die Situation richtig einschätzte! Und Renate ... sie mag dich vermutlich mehr, als sie selber ahnt! Kann sein, dass ich es aus meinem ganz persönlichem Blickwinkel sehe! Aber vielleicht solltest du auch einmal deinen verändern, denn so gut muss er doch nicht sein! Wo stehst du denn im Leben? Was hast du von dem erreicht, was du einmal wolltest?" Marissa stoppte abrupt ihren Redeschwall, sah Carmen noch einmal eindringlich an, als wollte sie ihre Worte in das Gehirn ihrer Schwester einbrennen. Doch Carmen war nur noch fassungslos. Marissa schüttelte wieder verständnislos ihren Kopf, so wie es Carmen in den letzten zwei Tagen schon mehrmals gesehen hatte! Dann erklärte sie: „Es ist besser, wenn ich jetzt gehe! Ich werde dir heute nichts mehr Gutes antun können! Leider ... aber ich ruf dich morgen wieder an! Versprochen!"

Carmen schluckte tief, Tränen drängten an die Oberfläche, doch sie versuchte, sich die Wunden an ihrer Seele nicht anmerken zu lassen. „Gut ... Danke für alles ... und ... ich freu mich, wenn du morgen anrufst! Und ..."

„Ist gut, Carmen! Wie hast du Renate vorgeschlagen? Eine Pause! Vielleicht brauche ich einfach auch eine Pause! Und du solltest dir auch eine gönnen! Deine Ärztin hat dich doch krankgeschrieben ... und dann hast du Ferien! Mach es nicht wie jedes Jahr und plane das neue Schuljahr, sondern gönne dir einen Urlaub! Du hast doch das Geld, dann nutze es endlich auch und fahr weg! Ein Tapetenwechsel tut dir sicher einmal gut!"

„Und vielleicht sehe ich dann das, was du meinst zu sehen?", zweifelte Carmen nun doch laut. „Marissa, ich verstehe wirklich nicht, was du meinst, was ich mir nicht eingestehen will ... aber ich interessiere mich schon für dein Leben!"

„Ich weiß! Ich weiß, dass ich dir gegenüber vielleicht auch ungerecht bin! Ich weiß, dass ich vielleicht auch zu viel erwarte! Aber bitte ... gib dir selbst endlich eine Chance! Du opferst dich für deine Schüler auf und bekommst dafür nicht einmal Dank! Natürlich wirst du zu Klassentreffen eingeladen, eine Ärztin setzt sich besonders für dich ein, aber am Abend bist du doch alleine! Ist das dein Leben, das du immer erträumt hast? Du hast es gestern richtig formuliert, du lebst nicht besonders! Warum bist du dir selbst so unwichtig?" Marissa erwartete keine Antwort mehr! Carmen wollte etwas sagen, doch ihre Schwester setzte sanft ihren Finger auf Carmens Lippen, versagte ihr damit einen letzten Kommentar, drückte sie zum Abschied und ging.

Carmen starrte lange auf die Einkaufstüten. Fassungslos. Sie konnte einfach die Ansprache ihrer kleinen Schwester nicht fassen. Wie lange dachte Marissa schon so? Was war daran wahr? Carmen ging ins Wohnzimmer, öffnete ihre Kommode und fand darin Fotoalben. Sehr alte, gut gefüllte Alben aus einer lang entfernten Zeit!

Es war spät geworden. Schon lange hatte Carmen nicht mehr im Dunkeln ihrer Wohnung gesessen und einfach nachgedacht. Den gesamten Nachmittag über hatte sie in den alten Familienalben geschmökert. Erst zum Schluss hin bemerkte sie, dass mit dem Ableben ihrer Eltern auch die gemeinsamen Familienfotos endeten. Sie hatte kein einziges aktuelles Foto ihrer Schwester. Woran lag das? Sie hatten regelmäßig Kontakt, telefonierten zweimal monatlich und trafen sich einmal im Monat! Immer an festen Tagen. Es gefiel Carmen, dass sich Marissa so daran hielt! Doch je länger sie darüber nachdachte, an den Inhalt ihrer Gespräche dachte, erkannte sie, dass sie nur sehr wenig über ihre Schwester wusste. Sie wusste, dass sie Frauen in ihrem Leben bevorzugte. Aber gab es bereits Frauen außer Anita in Marissas Leben? Sie wusste von Anita ja auch nur zufällig. Hatte Carmen je danach gefragt? Wie ging es ihr eigentlich beruflich? Sie hatte vor vier Jahren den Arbeitgeber gewechselt, aber warum? Was machte sie Tag für Tag über acht Stunden? Marissa stellte Fragen! Sie wusste viel über Carmen! Sie kannte ihre Gedanken, ihr Eskapaden, ihre Zweifel und Carmens Emotionen. Vielleicht besser, als manchmal Carmen selbst! Was wollte Marissa ihr nur an diesem Nachmittag sagen? Carmen verstand es noch immer nicht! Sie konnte nur ahnen, dass Marissa diese Worte schon lange auf der Zunge brannten und an diesem Tag sich einfach wie ein Vulkan entladeten. Carmen war nicht wütend oder böse auf Marissa! Im Gegenteil, wie ein eiserner Ring umschloss ihr Herz eine tiefe Traurigkeit. Und das Schicksal bestrafte sie mit ihren eigenen Waffen! Ihre Schwester wollte eine Pause! Auch wenn es nur bis zum nächsten Tag war, es war in dieser Stimmung nur schwer zu ertragen. Carmen drängte es danach, Marissa anzurufen, mit ihr zu sprechen, einfach ihre Stimme und ihre Stimmung zu hören, doch sie wollte ihrem Wunsch nach einer Pause gerecht werden.

Die Türklingel schreckte Carmen aus ihren Gedanken. Sie versuchte, sich in ihrer Wohnung wieder zu orientieren. Es war Samstag, der Samstag an dem sie ursprünglich mit Simone zu einem Essen verabredet war. Aber Simone konnte nach ihrem Abgang heute Mittag unmöglich noch mit Carmen ausgehen wollen! Carmen hatte sich, mit etwas Abstand betrachtet, unmöglich benommen. Nun, gut sieben Stunden später, verstand Carmen sogar Simones Argumente, wenn sie diese auch immer noch nicht teilen wollte. Carmen quälte sich aus ihrer bequemen Stellung und ging zur Sprechanlage. „Ja, hallo? Wer ist denn da?"

Zunächst antwortete niemand, Carmen wurde bereits unruhig, doch dann meldete sich doch eine Stimme. „Hallo Carmen, hier ist Rolf!"

Carmen zuckte zusammen, zu frisch waren die Erinnerungen an den Vorabend. Was sollte sie tun? Ihn herauf lassen? „Was willst du? Du weißt doch, dass ich noch Ruhe benötige!"

„Ja ... ich weiß ... aber ich wollte mich auch bei dir entschuldigen! Bitte lasse mich rauf, dass wir uns in Ruhe unterhalten können! Deine Schwester ist doch auch als Wachhund da ... ich verspreche dir, dass ich in einer halben Stunde wieder weg bin! Nur auf eine Tasse Kaffee!"

Carmen wurde es heiß. Was sollte sie antworten? Er war ein Kollege, mit dem sie auf die nächsten Jahre noch gut auskommen sollte und auch wollte! Aber ihre Schwester war ganz und gar nicht in der Nähe! Carmen hatte kein gutes Gefühl, als sie Rolfs Bitte nachkam. „Gut komm rauf! Aber nur eine halbe Stunde, dann muss ich mich wirklich wieder ausruhen!" Sie drückte den Knopf mit dem kleinen

Schlüssel und fühlte, dass sie einen Fehler beging. Aber welchen nur? Trotzdem öffnete sie die Wohnungstür und starrte auf den knarrenden Aufzugsschacht. Das kleine Lämpchen neben der Tür kündigte die baldige Ankunft an. „Hallo Frau Meier!", tönte es plötzlich aus dem Treppenhaus.

„Oh Gott, Herr Schnawiski! Haben Sie mich erschreckt!", gestand Carmen nach Luft schnappend ein.

Ihr Nachbar versuchte, sie zu beruhigen. „Kann ich verschtehen, es sind auch unruhige Zeiten! I mach´ nur ´nen Rundgang und kontrollier´ die Eingänge! Ich mach´ mir auch Sorgen! Auf wen warten Sie denn?"

„Mein Kollege, Herr Ruhne, will sich persönlich für seinen gestrigen Auftritt entschuldigen! Wenn er in einer halben Stunde meine Wohnung nicht verlassen hat, könnten Sie mal nachsehen!", fiel Carmen spontan ein.

Herr Schnawiski strahlte. „Ja ... ja, natürlich kann ich das! Und falls er sich nicht zu benehmen weiß, schreien sie nur etwas lauder ... dann bin ich sofort da!"

Carmens Unruhe war für den Augenblick ein wenig gebändigt. „Super! Ich danke Ihnen, Herr Schnawiski! Wie gefällt es Ihnen eigentlich in der Schule?"

„Ähm ... ich weiß net, ob ich in ´em guten Moment meinen erschten Tag hatte ...“

Carmen musste plötzlich loslachen. „Oh Mann ... ich laber wohl echt totalen Blödsinn! Wie soll es Ihnen schon gefallen? In einer Woche drei Tote!"

„Das waren wirklich keine schönen Erlebnisse!", gab ihr Nachbar mit einem traurigen Blick zu. „Frau Krause hat noch das Vorschtellungsgeschpräch mit mir g´führt ... sie war wirklich eine nette Frau!"

Carmen nickte nur zustimmend, ihre Stimmung wurde einfach nur niedergedrückt. Sie fühlte sich zutiefst einsam. Ein Klingelton kündigte die folgende Öffnung der Aufzugstüre an. Rolf betrat die Szenerie, in der Hand einen zu üppigen Strauß roter Rosen. Herr Schnawiski verschwand kommentarlos in seiner Wohnung. Carmen konnte nicht einmal erkennen, ob Rolf ihn noch bemerken konnte. Dieser war vollkommen darauf bedacht, bei ihr einen guten Eindruck zu hinterlassen, sogar seine schwarzen Lederschuhe waren zu Hochglanz poliert. Überhaupt war sein Outfit eher ungewöhnlich. Bevorzugte er doch in der Schule einen legeren Stil, war er nun in einen dunklen Anzug gezwängt, darunter spitzelte ein frisch gestärktes weißes Hemd durch, das mit offenem Kragen lässig wirken sollte. Carmen versuchte ihre schlechten Gedanken zu verdrängen, und spielte die gute Gastgeberin. „Dann komm doch rein, Rolf!" Er folgte ihr in die Wohnung und wählte dann zielstrebig selbst die Küche als Schauplatz ihres Gespräches. Carmen war es nur recht, denn dann hatte sie einen kürzeren Weg zur Kaffeemaschine und auch Schnawiskis Wohnung war nur durch eine dünne Wand von ihnen getrennt. „Also? Was willst du mir denn sagen, Rolf?", forderte Carmen mit der versprochenen Tasse Kaffee auf. Er saß auf dem von ihm gewählten Platz, den Rosenstrauß noch immer in der Hand haltend.

„Also ... ich habe mich gestern nicht gut benommen! Dafür wollte ich mich entschuldigen! Es muss ja ein vollkommen falscher Eindruck von mir entstanden sein!", begann Rolf unsicher. Dann erhob er sich unbeholfen und streckte Carmen den Blumenstrauß hin. „Hier, den habe ich für dich mitgebracht!"

Carmen entfuhr ein Lächeln. „Gut ... aber ich habe keine Lust von dir Blumen anzunehmen! Ich finde sie nicht passend, besonders nicht rote Rosen!", lehnte sie das Präsent hart ab.

Rolfs Gesichtsmuskeln verspannten sich. „Na ja ... aber ... ich dachte doch nur ... Wo ist eigentlich deine Schwester?", fragte er plötzlich hellwach.

Carmens Lächeln gefror für einen Moment. Sie ärgerte sich über ihr verräterisches Mienenspiel, versuchte aber so cool wie möglich zu lügen. „Sie erledigt noch einige Einkäufe und musste auch noch in ihre Wohnung. Sie hat versprochen, gegen acht wieder hier zu sein."

„In einer Stunde also!", stellte Rolf zufrieden fest. „Dann können wir ja doch offen miteinander sprechen!"

„Was könntest du denn in ihrer Gegenwart nicht ansprechen?", wollte Carmen interessiert wissen. „Du kennst sie doch nicht einmal! Und wenn du wirklich an mir interessiert wärest, würdest du dich auch um meine Schwester bemühen! Ich bin nicht mehr in einem Alter, in dem man einfach seine Familie wegen eines Typens wegschiebt!"

Rolf errötete. „So wollte ich das nicht rüber bringen! Ich glaube, das alles ist ganz falsch gelaufen!"

„Das glaube ich auch! Was hast du dir eigentlich gestern Abend bei deinem Auftritt gedacht?" Carmen hatte ihre ursprünglichen Bedenken vergessen, und war wieder ganz die Alte! So saß ihr gegenüber einfach ein Kollege, der sich daneben benommen hatte und nun gemaßregelt werden musste. „Du hast meine Schwester und die Polizistin auf einmal beleidigt! Außerdem hast du meinen Nachbarn so etwas von oben herab behandelt, dass mir schauderte! Empfindest du dich etwa als einen besseren Menschen, nur weil du das Glück hattest, in Ruhe und durch deine Eltern unterstützt, studieren zu können?"

Rolfs Gesicht war blutrot unterlaufen. Seine Wangenknochen traten hervor, die Zähne knirschten sogar für Carmen vernehmbar. War sie zu weit gegangen? Wie viel Ehrlichkeit war erlaubt? „Warum? Habe ich die beiden Damen denn beleidigt? Bist du denn auch eine von denen?"

„Was meinst du, Rolf? Wie oder was sind die beiden denn, dass es dich so erbost?" Carmen ahnte zwar Rolfs Gedanken, die sie aus seinen wirren Gegenfragen heraus zu hören glaubte, doch sie wollte sie laut ausgesprochen hören.

Rolf ballte seine Hände zusammen, der Strauß flog achtlos zu Boden. „Ist das eigentlich eine Krankheit? Was ist das nur für eine Welt?"

„Was meinst du denn Rolf?" Und Carmen verstand ihn wirklich nicht mehr!

„Meine Frau, deine Schwester, die Polizistin, Moderatorinnen, Schauspielerinnen, Politikerinnen ... ihr Karrierefrauen seit doch alle ..." Er konnte es einfach nicht aussprechen.

Carmen überfiel fast ein Anflug von Mitleid. „Deine Frau hat dich wegen einer Frau verlassen? Ich dachte, das wäre ein Christian gewesen ... aber warum glaubst du denn Simone Liebert in der Ecke? Oder mich? Ich verstehe das nicht!"

„Sie reagiert überhaupt nicht auf meinen Charme! Und du offensichtlich auch nicht!", klagte Rolf nun weinerlich.

Carmen musste einfach lachen. „Sag mal ... ist dein Charme etwa, Frauen blöd von der Seite anzumachen oder im Hausflur laut zu werden? Junge, das ist einfach nicht charmant, sondern nur abtörnend! Ich habe keine Lust auf einen Typen, nach dessen Pfeife ich zu tanzen habe! Selbstbewusste Frauen, oder Karrierefrauen, wie du es nennst, wünschen sich zwar selbstbewusste Männer, aber wollen doch nicht mehr dominiert werden! Und abgesehen von deinem Verhalten gestern ... ich habe mir Gedanken gemacht, ob wir jemals eine Zukunft haben könnten, unsere Interessen abgeglichen und einfach keine Gemeinsamkeiten gefunden! Ich will nicht mit dir ausgehen und dir unnötige Hoffnungen machen! Ich hätte nie zusagen sollen!"

Rolfs Knöchel standen weiß über den Handrücken hervor. Er war wütend, doch seine Stimme verriet diesmal keine Stimmung. „Gut!", erklärte er ruhig. „Dann werde ich wieder gehen! Ich werde meine Versetzung beantragen!"

„Das ist doch nicht ..." Auf Carmens Stirn zeichneten sich Falten der Verwunderung ab. Warum wollte Rolf wegen einem abgesagten Date gleich die Schule wechseln?

Aber Rolf winkte bereits ab. „Ich habe keine Lust, nächstes Jahr unter dir immer wieder den gestrigen Abend zu spüren! Du weißt selbst nur zu gut, dass unsere pädagogischen Vorstellungen oft weit auseinandergehen!"

„Wieso unter mir, Rolf? Wir sind Kollegen!" Carmen verstand diesen Menschen in ihrer Küche einfach nicht!

„Aber der Typ vom Kultusministerium hat es gestern doch angedeutet, dass du ab nächstem Schuljahr die neue Schulleitung werden wirst! Zwar noch nicht namentlich, aber du warst die Einzige, die gefehlt hat! Und er meinte, dass die neue Leitung bei der Verkündung der Nachricht auch da sein sollte! Du hättest Konrads Gesicht sehen sollen!" Bei den letzten Worten huschte Rolf sogar ein genüssliches, schadenfrohes Grinsen über die Backen.

Carmen war sprachlos. „Warum denn ich, bitte? Es könnte doch auch ein anderer Bewerber von außen ausgewählt worden sein und es gibt doch viele, die schon länger ..." Doch dann überlegte Carmen für sich im Stillen weiter. Sie hatte sich doch beworben, und ein Mitglied des bestehenden Kollegiums, das schneller eingearbeitet war, war sicher in der augenblicklichen Situation von Vorteil. Aus dieser Betrachtung war es durchaus nachvollziehbar, doch für Carmen noch nicht fassbar!
Rolf verabschiedete sich wie versprochen, so konnte Carmen auch dieses Kapitel mit der Wohnungstüre abschließen! Doch noch bevor sie ihre Küche erreichte, läutete es erneut. Carmen wurde reflexartig sauer. „Was ist denn? Wir haben doch alles geklärt und ich brauche Zeit für mich, das alles zu verarbeiten!", rief sie in die Sprechanlage, ohne den potenziellen Empfänger abzufragen.

Ein Lacher traf Carmens Ohr. „Aber wir waren doch für heute verabredet! Und ich weiß beim besten Willen nicht, was wir bereits geklärt haben! Im Gegenteil, du hast mich heute Mittag schön im Regen stehen lassen! Ich hätte noch einiges zu sagen!" Dann hörte Carmen, wie die Haustüre

geöffnet wurde und Simone und Rolf
aufeinandertrafen. Rolf warf ihr einen kurzen Gruß
zu, den Simone hörbar erstaunt erwiderte.

„Komm gleich rauf! Ich dachte ... ich erkläre es dir
oben!", versuchte Carmen auf sich aufmerksam zu
machen.

„Gut, bin schon unterwegs! Die Tür ist eh schon
offen! Und dann erklärst du mir, warum dieser Typ
eben an mir vorbei ist!", ermahnte Simone sie
bereits vorab. Carmen knurrte auf. Warum musste
sie plötzlich alles erklären? Warum wurde sie von
einem Tag auf dem anderen hinterfragt?

Zu Carmens Überraschung setzte sich der Aufzug in
Bewegung. Sie starrte auf die Türe, doch dann
tippte Simone ihr doch von hinten auf die Schulter.
Sie zuckte wieder zusammen. „Warum schleichst du
dich nur so an?"

Simone war bester Laune. „Ich nehme doch immer
die Treppe! Erwartest du noch jemanden?"

„Hast du unten noch jemanden reingehen sehen?
Es ist jemand im Aufzug!" Carmen erkannte schon,
während sie sprach, wie unsinnig ihre Frage war.
„Das hört sich schon fast nach Verfolgungswahn an,
oder?" Simone schob sie in die Wohnung, schloss
die Türe hinter ihnen und nahm sie fest in ihre
Arme. Carmen konnte es sich nicht erklären, doch
Tränen schossen aus ihren Augen, unaufhaltsam
strömten sie über ihre Wangen auf Simones Blazer.
Ein ungewohntes Gefühl der Leere und des sich
selbst nicht mehr Verstehens überfiel Carmen und
ein Gefühl der unendlichen Traurigkeit erfüllte
ihren Körper, hielt sie gefangen in einer festen
Umklammerung, aber auch ein Gefühl sich endlich
fallen lassen zu können, endlich schwach sein zu
dürfen. Simone hielt sie einfach, sagte nichts, ließ

sie einfach weinen. So standen sie dort, im Flur, schweigend und doch so viel sagend! Nur langsam konnte sich Carmen beruhigen, Simone zog sie immer mehr an sich heran, entließ sie nicht aus der Konfrontation mit ihren Emotionen. Eine gefühlte Unendlichkeit später gingen sie schweigend in die Küche. Simone sah den Strauß Rosen am Boden, sagte aber nichts, sondern nahm sich einfach eine Tasse Kaffee. Carmen begann, noch immer schniefend, zu erklären. „Rolf wollte mir diese Rosen schenken! Er wollte sich entschuldigen ... aber eigentlich habe ich es nicht zugelassen ... habe versucht ihm klarzumachen, dass es mit uns doch keinen Sinn hätte!" Simone sagte noch immer nichts, schlürfte in aller Gemütlichkeit ihren Kaffee und wartete auf die weitere Geschichte. So fuhr Carmen mit ihrem Bericht fort. „Es ... er hat mir dann erklärt, dass er sich versetzen lassen würde ... und er hat angedeutet, dass das Kultusministerium mich zur neuen Schulleitung ernennen will!" Simone grinste nur, nickte zustimmend und schwieg weiter. „Meine Schwester hat mich heute Mittag verlassen ... sie meinte, dass ich vor meinen Gefühlen flüchte und dadurch auf meinen Mitmenschen herum trample! Hast du auch diesen Eindruck von mir gewonnen?"

Simone verdrehte ihr Augen. „Wie soll ich das denn beurteilen, ich kenne dich doch überhaupt nicht! Ich kann dir nur zurückmelden, was mir deine Umwelt über dich erzählt hat!" Simone setzte sich auf den Stuhl, den kurz zuvor auch Rolf gewählt hatte. Auch Carmen nahm gespannt und doch erschöpft Platz! „Du hast sehr anstrengende Tage hinter dir, Carmen! Willst du das wirklich?"

„Was meinst du?" Carmen war verwirrt, oder war sie so unklar?

Simone strich sich über ihr kurz geschnittenes Haar. „Du hast vermutlich die schlimmsten Tage deines Lebens hinter dir! Kannst du heute wirklich noch ein ehrliches Feedback ertragen? Deine Schwester hat dir bereits viel gesagt, Rolf hat dich bedrängt und du hast eine sehr gute Freundin verloren! Oder sogar vielleicht zwei!"

„Du meinst auch Renate? Wie geht es ihr?"

Simone seufzte. „Sie ... lässt sich gerade anwaltlich beraten! Es sieht eigentlich nicht einmal schlecht für sie aus, denn so stichhaltig ist die Beweiskette nicht! Aber wir werden sehen, was Thorsten Heine zu sagen hat! Von ihm hängt ziemlich viel ab!"

„Ihr gesamtes Schicksal! Oder der wahre Mörder schlägt nochmals zu und entlastet sie, wie er mich während meines Krankenhausaufenthalts entlastet hat! Aber was hast du denn alles über mich gehört?"

„Wenn du unbedingt willst!", erklärte sich Simone bereit. Sie rückte ihren Stuhl zurecht, lehnte sich vor und arbeitete wieder ihre imaginäre Liste der Zeugenaussagen ab. „Deine Schüler finden dich insgesamt sehr tough und cool zugleich! Sie schätzen, dass du dich für sie interessierst, wissen aber auch, dass du sehr konsequent sein kannst! Deine Kollegen ... da kommt es auf die Altersstufe an. Die Älteren, besonders Konrad scheinen fast schon neidisch zu sein! Es wurde zwar nicht sehr offen ausgesprochen, aber er hat dich als karriereorientiert bezeichnet! Die jüngeren Kollegen schätzen deine fachliche Kompetenz. Aber niemand konnte mir so wirklich eine persönliche Eigenschaft von dir sagen!"

„Bin ich so glatt?", fragte sich Carmen laut. „Warum kennen die mich alle nicht?"

„Jürgen sieht dich schlicht als Konkurrenz! Anita muss dich verehrt haben ... er meint sogar noch mehr! Was war eigentlich zwischen euch? Ich habe von allen Seiten die wildesten Spekulationen zugetragen bekommen! Warum?"

Carmen seufzte. Was hatte es schon noch Sinn, für immer zu schweigen? „Wir haben uns einmal geküsst! Wir haben beide viel zu viel getrunken ... es war ... ich war noch mit Hannes zusammen und Anita bereits verheiratet! Wir feierten meinen Geburtstag mit einer Grillparty ... ich wohnte damals bei Hannes, er hat ein kleines Häuschen mit Garten an einem Bach ... auf jeden Fall waren auch Kollegen dabei ... und genau, während wir beide erschrocken auseinandergingen, bemerkten wir, dass Hannes und ein Kollege ... es war, glaube ich, sogar Rolf ... hinter uns standen ... es war nur dieser eine Kuss ... wirklich, mehr war da nie! Und wir haben auch nie mehr darüber gesprochen!"

„Leider!", kommentierte Simone knapp und ging dann wieder über in ihren eigenen Bericht.
„Dein Nachbar mag dich eigentlich, wenn er auch deinen Lebenswandel nicht versteht! Renate ... sieht in dir ein Vorbild, verehrt dich! Und das meine ich wirklich so! Wir haben ein Tagebuch von Anita gefunden ... das solltest du vielleicht einmal selbst lesen, ich habe Kopien, die ich dir unter der Hand geben kann!"

„Sollte ich sie wirklich lesen? Was bringt es denn?", verstand Carmen ihren Gast nicht mehr.

Simone lächelte. „Das ist ein Geschenk, Süße! Die letzten Gedanken deiner Freundin für dich! Und sie werden dir gut tun! Nie wieder wirst du ungeschminkter über dich lesen können! Deine Schwester mag dich sehr! Sie versteht dich vielleicht nicht immer, aber sie liebt dich und würde so fast alles für dich tun! Frau Gruber hat dich als sehr nette Frau beschrieben, immer gut gelaunt, beliebt und durch und durch positiv! Das Hausmeisterehepaar meinte, dass du einer der wenigen wärest, die nicht in Schichten denken und ein gutes Vorbild für die Schüler seiest! Und was denkst du über dich selbst?"

„Ich weiß es nicht! Keine Ahnung! Du hättest mir diese Frage vor einer Woche stellen sollen!", erkannte Carmen traurig. Sie fühlte sich so unendlich leer! „Ich kenne mich selbst nicht mehr! Marissa hat mir vorgeworfen, dass ich mich meinen Gefühlen nicht stelle und dadurch andere verletze! Ich will das nicht! Ich wollte auch Hannes nie verletzen und besonders niemals Anita! Aber meine Gefühle ... ich weiß nicht, was ich fühle!"

„Wann hast du zuletzt gefühlt? Wann fühltest dich das letzte Mal richtig gut?", fragte Simone leise. Carmen sah sie nur fragend an, unfähig eine Antwort zu geben. Simone presste ihre Lippen zusammen, überlegte einen Augenblick, dann erzählte sie von sich selbst. „Ich war heute Nachmittag in der Sauna! Danach bin ich noch in das Thermalbad gesprungen, bin in das Außenbecken geschwommen und habe auf der Sprudelliege die Sonnenstrahlen genossen. Danach habe ich mir noch einen leckeren Kaffee in meiner Lieblingsbäckerei geholt und dazu ein Croissant gegessen! Ich habe mich richtig gut gefühlt! Genau das Richtige nach einer verrückten Woche!"

Carmen verstand, auf was Simone hinaus wollte. Sie musste nicht das große Gefühl erklären können, einfach nur, was sie gerade fühlte! „Ich fühle Angst! Furchtbare Angst, alleine zu sein! Ich vermisse Anita so sehr, obwohl wir uns nicht jeden Tag gesehen haben oder ja eigentlich doch ... sie ... ich

weiß, dass ich nie wieder mit ihr sprechen kann!
Und auch Hofmeister ... ich werde nie wieder dieses
Bild vergessen! Das hat doch kein Mensch auf
dieser Welt verdient! Ich fühle Angst! Furchtbare
Angst, weil ich weiß, dass dieser Verbrecher noch da
draußen herumläuft!"

Simone sah sie nachdenklich an. „Du bist dir
vollkommen sicher, nicht wahr? Warum? Was
macht dich so sicher?"

„Weil ... Renate ist manchmal herrisch, eigenartig,
besitzergreifend und vielleicht sogar cholerisch ...
sie ist nicht immer die Freundlichste, aber
eigentlich ein sehr freundlicher Mensch und eine
gute Freundin! Wäre ich nicht so unter Stress
gestanden, hätte ich sie nie aus dem
Krankenzimmer geworfen! Ich mag sie ... und ich
mag keine Psychopathen! Das weiß ich sehr sicher!
Wir haben schon viele Abende gemeinsam
verbracht, gemeinsame Reisen unternommen und
nie habe ich nur im Ansatz etwas extrem Seltsames
an ihr festgestellt! Wenn ich jemanden für
durchgeknallt halte, dann eher schon ... ja
Hofmeister war komisch ... oder Konrad! Er soll
gegenüber Schülern auch schon handgreiflich
geworden sein!"

„Morgen gehe ich zu Heine! Ich habe die Nachricht
erhalten, dass er schon wieder die ersten Worte
gesprochen hat! Morgen werden wir mehr wissen!",
lenkte Simone ein. „Hast du Hunger? Wollen wir
endlich gehen?"

„Ich hoffe so sehr, dass er sich erinnern kann!",
seufzte Carmen ergreifend auf, erhob sich
gleichzeitig und beantwortete damit Simones Frage.

Simone folgte ihr, wissend, dass Carmen in ihren
Gedanken und Sorgen noch etwas verharren würde.

Selbstverständlich wählte Simone den Weg über das Treppenhaus, Carmen folgte ihr willenlos und bemerkte dabei, dass sie selbst bereits seit Monaten nur noch den Aufzug nutzte. Angesichts ihres erhöhtem Pulsschlag beschloss sie, zukünftig wieder gesünder zu leben. Als sie in die kühle Nacht traten, kehrte die Verunsicherung wieder zurück. Bei dem Anblick der Heckenumrandungen wurde ihr unwohl und sie verfluchte diese Unart, Grenzen natürlich abzustecken. Simone spürte ihr Zögern. „Was ist? Sollen wir mit deinem Wagen fahren oder nehmen wir meinen?"

„Mein Wagen? Der steht noch immer in der Schule! Eigentlich wollte Renate ihn mir bringen, aber das kann sie ja nun nicht mehr!", erklärte Carmen fast schon vorwurfsvoll.

Simone überging den Hinweis einfach und suchte eine Lösung für dieses Problem. „Dann lasse ich ihn von einem Kollegen am Montag zu dir bringen! Meiner steht gleich in der nächsten Straße!"

„Warum hast du denn nicht hier geparkt?", wunderte sich Carmen, plötzlich wieder sehr wach. Doch dies lag nicht an Simones Parkverhalten, vielmehr an einer Beobachtung in der Hecke der gegenüberliegenden Wohnanlage! „Hast du das auch gesehen?"

Simone sah sich verwundert um. „Was denn? Die freien Parkplätze? Was meinst du, Carmen?"

„Dort drüben, da war doch ein Mensch, der hinter der Hecke verschwunden ist! Ich glaube, er sitzt jetzt bei den Mülltonnen!", klärte Carmen ihre Begleiterin auf.

Simone suchte mit ihren Augen das Grundstück gegenüber ab, doch konnte einfach nichts erkennen, allerdings schenkte sie Carmen trotzdem Glauben. „Wir gehen jetzt einfach weiter, bleiben aber auf unserer Seite! Wenn dort wirklich jemand ist, muss er die Straßenseite wechseln und dann sehen wir ihn! Keine Angst, ich habe auch meine Dienstwaffe dabei!"

Carmen wusste nicht, ob sie diese Aussage beruhigen sollte, doch sie versuchte, sich keine weitere Verunsicherung anmerken zu lassen. Mit allem Mut hakte sie sich bei ihrer Begleiterin unter, spürte deren Entschlossenheit und folgte ihr weiter in die inzwischen gefährlich wirkende Welt. Carmens Straße war eigentlich gut beleuchtet und breit genug, dass trotz der wild parkenden Anwohner sogar noch zwei Lkws sich begegnen könnten. Der Gehsteig war breit und selbst für Fahrradfahrer freigegeben, obwohl die Straße ruhig genug wäre, sich auch darauf auf zwei Rädern zu bewegen. Und doch fühlte sie sich nicht sicher! Die Nacht verbreitete wieder einmal die Unruhe und Unsicherheit, die Menschen bereits seit Jahrtausenden spürten. Nur, um sich von ihren wilden Gedanken zu befreien, versuchte sie die unruhige Stille zu überspielen. „Warum hast du denn nicht näher geparkt? Es ist doch ausreichend Platz hier!"

Simone lächelte. „Das ist eine alte Angewohnheit! Eigentlich total blöd, aber ich habe es mir einfach angewöhnt!"

„Aus beruflichen Gründen?", überlegte Carmen weiter, auch wenn sie darin noch immer keinen Sinn entdecken konnte.

„Nein!", antwortete Simone nur knapp. Carmen spürte, dass ihre Gesprächspartnerin nicht gewillt war, ihr Verhalten näher zu erklären und beließ es für den Augenblick dabei. Simone war auch schon dabei, in der Tasche ihres Mantels nach ihrem Schlüssel zu suchen, drückte auf ihn herum, sodass die Blinker eines etwas zehn Meter entfernten Wagens aufleuchteten. „Das ist mein Wagen!"

„Dachte ich mir schon!", erklärte Carmen hörbar erleichtert. Simone lächelte nur und Carmen glaubte fast schon, etwas Spott in ihrer Mimik erkannt zu haben. Im sicheren Wageninneren, als Simone längst schon den Motor gestartet und den Wagen in Bewegung gesetzt hatte, wagte Carmen ihre Geste zu hinterfragen. „Findest du es lächerlich, dass ich Angst habe? Sehe ich Gespenster?"

Simone sah mit einem prüfenden Blick in den Rückspiegel und erwiderte nachdenklich: „Im Gegenteil! Warum glaubst du, dass ich dich nicht ernst nehme?"

„Hast du nicht eben gelächelt?", versuchte Carmen, schon verärgert, denn einer ihrer größten Stärken war es, menschliche Gesten wahrnehmen zu können, ruhig zu fragen.

Simone lachte kopfschüttelnd. „Du bist wirklich unglaublich! Ich ... doch nicht, weil du erleichtert meinen Wagen entdeckt hast, sondern ... ich habe darüber nachgedacht, warum ich meinen Wagen nicht direkt vor einer Adresse parke!"

„Und warum hast du? Du hast mir darauf immer noch nicht geantwortet!", drängte Carmen fast schon in ihre Begleiterin ein. Doch Simones Konzentration wurde immer mehr vom Rückspiegel gefangen, sodass Carmen noch eine weitere Frage hinterher setzte. „Fährst du immer mit den Augen nach hinten? Du fährst direkt auf eine rote Ampel zu!"

„Ich kann das! Und natürlich sehe ich die rote Ampel!", entgegnete Simone ungewohnt erregt. „Magst du eigentlich mexikanisches Essen?"

„Mexikanisch?", wiederholte Carmen verwundert. „War ich noch nie! Willst du mit mir mexikanisch essen gehen? Ich dachte eher ... an etwas Normales!"

Simone lachte fast schon verlegen. „Ich kenne den Besitzer sehr gut und es ist wirklich ein sehr schönes und helles Restaurant! Außerdem haben sie einen Parkplatz direkt vor dem Haus!"

„Ach ... da parkst du direkt vor dem Eingang?", fragte Carmen spitz.

Simone stöhnte auf. „Ich ... habe es mir angewöhnt um die Ecke zu parken, als ich mal eine Affaire hatte! Ich wollte nicht von ... einfach nicht entdeckt werden! Ich bin nicht gerade stolz darauf, aber ich habe damals ... einfach einmal einen Fehler gemacht!"

Carmens Stirn faltete sich nachdenklich. „Was für einen Fehler? Viele Menschen haben eine Affaire heutzutage!"

„Ich finde das aber nicht richtig! Ich habe immerhin einen Ehebruch mit verschuldet!", erklärte sich Simone heftig.

Carmen wunderte sich immer mehr. „Das ist doch keine Straftat mehr! Warum machst du dir deshalb so große Vorwürfe?"

„Vorwürfe?", wiederholte Simone nachdenklich, während sie den Wagen vor einem für Carmen völlig

unbekannten Restaurant abstellte. „Wir sind da!",
erklärte sie nun zu allem Überfluss. Carmen hatte Mühe Simone in das Haus zu folgen,
obwohl sie von ihrer Begleiterin mit festem Griff an
der Hand hineingezogen wurde. Überhaupt fühlte
sich Carmen getrieben von einer ungewöhnlichen
Unruhe, die nun von Simone verbreitet wurde. Fast
schon fühlte sich Carmen etwas eingeschüchtert,
verloren war die Sicherheit, die ihr die eigentlich
noch Unbekannte ansonsten in den letzten Tagen
vermittelte. Wer war Simone Liebert eigentlich,
außer einer Polizistin?

Als die Getränke serviert wurden, fasste Carmen
ihren ganzen Mut in Worte. „Was beunruhigt dich?
Habe ich dich mit meiner Bemerkung auf der Straße
angesteckt oder habe ich dich mit meinen
persönlichen Fragen verärgert? War ich zu
persönlich?"

Simone nahm einen großen Schluck von ihrem Glas
Wasser. „Zu persönlich? Eigentlich nicht! Ich ...
mache mir keine Vorwürfe! Diese Affaire hat damals
nur nicht sehr nett geendet, aber wie soll etwas
Unrechtes auch gut enden? Irgendjemand muss am
Ende doch verletzt werden!"

„Und das warst du!", stellte Carmen konzentriert
fest. „Lebst du eigentlich in einer Beziehung oder
bist du Single?"

„Du meinst, weil ich Samstagabend Zeit habe,
alleine auszugehen?", überlegte Simone grinsend.
„Stimmt, ich lebe alleine! Es ist mit meinem Beruf
nicht einfach, eine Beziehung zu führen! Was ist mit
dir? Warum lässt du Rolf abblitzen? Ist er nicht dein
Typ?"

„Nein, nicht wirklich! Er ... ist mir etwas zu sehr
Macho und viel zu sehr von sich eingenommen! Ich

habe lange genug mit Hannes meine Zeit vergeudet, als dass ich das nochmals will!"

„Was willst du denn?", fragte Simone leise. „Was erwartest du denn von einer Beziehung?"

Carmen seufzte tief. „Wenn ich es weiß, werde ich es dir sagen! Aber warum warst du bis eben so unruhig?"

„Ich dachte ... ach ...", stammelte Simone unbeholfen. „Ich kann nicht besonders gut lügen, oder?"

Carmen musste nun doch schmunzeln. „Wie kannst du eigentlich Verhöre führen? Da muss man doch auch ein Pokerface haben!"

„Die normale Polizeiarbeit ist doch keine Kriminalserie!", stöhnte Simone angestrengt auf. „Aber bei Fremden fällt es mir leichter! Ich bin schon viel zu viel in diesen Fall mit meinen Gefühlen eingestiegen! Vielleicht sollte ich ihn abgeben!"

„Spinnst du?", erschrak Carmen von der plötzlichen Wende des Gesprächs! „Was verunsichert dich denn nur so sehr?"

„Ich habe Angst um dich! Und das so sehr, dass ich befürchte, dass mich meine Rationalität und auch Professionalität verlässt!", bekannte Simone mit gesenktem Blick. „Ich hatte vorhin das Gefühl, dass uns ein Wagen verfolgt!"

„Als du ständig in den Rückspiegel gesehen hast? Vielleicht war es ja die gleiche Person, die hinter der Hecke verschwand."

Simone schüttelte den Kopf. „Nein, glaube ich nicht! Ich habe keine Autotüre schließen hören, auch keine Schritte oder Schatten bemerkt und ich war sehr aufmerksam! Außerdem folgte uns der Wagen erst, nachdem wir auf die Hauptstraße gefahren waren! Ich überlege schon die ganze Zeit, ob ich es mir nur eingebildet habe oder es nicht zwei Täter sind!"

„Und wie soll ein neuer Ermittler all deinen Gedanken folgen können? Wäre es nicht sehr ungünstig für den Fall, wenn sich ein neuer Kollege einarbeiten müsste?", versuchte Simone ihre Lieblingspolizistin zu erhalten.

„Kann sein! Aber ich habe das Gefühl, dass du in Gefahr bist! Willst du nicht heute Abend bei mir übernachten?", fragte Simone ganz direkt.

Carmen überlegte kurz. „Gut, aber ich würde gern meiner Schwester informieren! Nicht, dass sie bei mir anruft und sich am Ende Sorgen macht! Wäre das in Ordnung?"

„Es wäre mir lieber, wenn niemand weiß, wo du bist!", widersprach Simone flüsternd.

„Gut geschlafen?", fragte Simone lächelnd.

Carmen streckte sich genüsslich, nahm sich eine Tasse und goss sich großzügig Kaffee ein, dann setzte sie sich zu Simone an den Küchentisch, die umgehend ihre Zeitung zur Seite legte. „Ja, so gut geschlafen, wie schon seit über einer Woche nicht mehr! Und wie war deine Nacht auf dem Sofa? Das Bett wäre doch wirklich breit genug für uns beide gewesen!"

Simone lächelte nur, überging Carmens Bemerkung und antwortete: „Das Sofa ist bequem, bequemer als so manches Hotelbett. Und ich habe gut geschlafen, da ich dich hier sicher wusste! Was hast du denn für heute vor? Wolltest du dich nicht mit deiner Schwester treffen? Gehst du eigentlich morgen zu der Lehrerkonferenz?"

„Darüber habe ich noch nicht nachgedacht! Und meine Schwester ... sie wollte sich bei mir melden! Vielleicht sollte ich doch bei ihr anrufen! Wie spät ist es denn?"

„Kurz nach zehn!", erklärte Simone knapp. „Willst du sie gleich anrufen?"

„Hast du nichts mehr dagegen, dass sie weiß, dass ich bei dir bin?", wunderte sich Carmen über den plötzlichen Schwenk.

„Das musst du ihr doch nicht sagen!", warf Simone ein.

„Aber das würde sie doch an der Telefonnummer im Display bemerken! Sie ist doch nicht blöd!", wusste Carmen.

Simone sah sie fast schon verärgert an, und wies sie scharf zurecht. „Wenn das alles vorbei ist, werden wir deine Gewohnheiten auf Sicherheit überprüfen! Du sendest deine Telefonnummer mit? Wie dumm ist das denn? Warum bis du so leichtsinnig? Ich habe heute Nacht auch noch deine komplette Adresse im Internet gefunden! Warum machst du so etwas?"

„Warum nicht?", wunderte sich Carmen ebenfalls scharf. „Ich lebe sehr normal! Normale Menschen müssen kein Geheimnis aus ihrem Leben machen! Nicht alle haben Erfahrungen mit Verbrechern!"

„Die hast du allerdings nicht!", pflichtete Simone ihr geschafft bei. Das Telefon verhinderte mit einer angenehmen Melodie eine weitere Diskussion. Simone wirkte fast schon erleichtert, als sie mit schnellen Schritten zu der wild leuchteten Station flüchtete. Den wenigen Worten, die Simone in den Apparat sprach, konnte Carmen entnehmen, dass Thorsten Heine nun für eine Befragung bereit war. Carmen grinste insgeheim, denn das bedeutete, dass sie nun nach Hause gehen konnte und auch Renate bald entlassen wurde! Warum war sie plötzlich Simones Gesellschaft so überdrüssig? Doch je mehr sie sich mit dem Gedanken anfreundete, desto größer wurde auch das Gefühl der wieder aufkeimenden Verunsicherung. Als Simone zurückkehrte, versuchte sie, sich diese nicht anmerken zu lassen und wenn sie so gewirkt hätte, dann hätte Simone zumindest nicht darauf reagiert. „Ich muss los! Willst du nun nach Hause, oder wartest du hier auf mich?"

Carmen zögerte ein wenig. „Ich weiß nicht! Können wir uns vielleicht später wieder treffen? Ich würde gerne nach Hause, frische Sachen anziehen, meine Schwester anrufen und einfach nach dem Rechten sehen!" Simone nickte verständnisvoll, schnappte ihren Schlüssel und ging bereits voraus in den Flur. Carmen hatte Mühe, dieser neuen Geschwindigkeit zu folgen, erst im Wagen sah sie eine neue Gelegenheit, Simone nochmals anzusprechen. „Bist du wütend auf mich? Habe ich dich mit etwas verärgert?"

Simone lenkte ihren Wagen bereits in Carmens Straße, erst dadurch wurde ihr bewusst, wie nahe ihrer beider Wohnungen gelegen waren. „Verärgert? Nicht wirklich! Du verstehst nur nicht, dass ich mich um dich wirklich sorge! Aber vielleicht steigere ich mich auch nur zu sehr in den Fall hinein! Es ist ein Fehler gewesen, dass wir uns privat gesprochen und getroffen haben!"

Carmen fuhr bei den letzten Worten erschrocken zusammen. „Fehler? Finde ich eigentlich nicht! Ich habe gehofft, dass wir uns in der Zukunft, wenn dieser ganze Wahnsinn vorbei ist, auch noch treffen könnten!" Simone seufzte nur tief auf, parkte auf Carmens Stellplatz ein und sah sie auffordernd an. Carmen fühlte sich gezwungen, sich zu verabschieden. „Gut ... dann gehe ich mal hoch! Sehen wir uns heute noch?"

Simone sah sie angestrengt an. Mit viel Mühe presste sie hervor: „Nein, lieber nicht! Aber ich rufe dich an, sobald ich mit der Vernehmung fertig bin, und frage nach, ob alles in Ordnung ist!"

Nun seufzte auch Carmen. „Gut, wenn du meinst, dass das für dich besser ist! Dann werde ich Marissa gleich anrufen und ... morgen gehe ich dann in die Lehrerkonferenz!"

„Gute Idee!", willigte Simone fast schon genehmigend ein. „Ich werde morgen auch in der Konferenz sein und bin schon gespannt, wie dein Kollegium auf die Neuigkeit reagieren wird!"

Carmen seufzte abermals, nahm ihr Herz und den
Türöffner in die Hand. Die Autotüre gab den Weg in
die Welt frei. „Ich wünsche dir viel Erfolg bei der
Vernehmung! Auf diese Neuigkeiten bin ich
gespannt!" Einen Augenblick später ließ Carmen
bereits ihre Haustüre ins Schoss knallen, wurde
sich bewusst, dass sie nicht einmal mehr eine
Antwort von Simone abgewartet hatte, und rannte
die Treppen zu ihrer Wohnung hinauf. Eine
unerklärliche Unsicherheit hatte sie ergriffen und
nur ihre eigenen vier Wände versprachen, sie wieder
verbannen zu können. In den Augenwinkeln glaubte
Carmen auf ihrer Etage Herrn Schnawiski zu
erkennen, murmelte hastig eine Begrüßungsformel,
ohne wirklich hinzusehen, und verschwand hinter
ihrer Wohnungstüre. Erleichtert atmete sie auf.
„Was ist nur mit dir los, Carmen?", fragte sie sich
nun laut. „Spinnst du total? Bedrängst eine
Polizistin, siehst Gespenster auf der Straße und
verkraulst deine Schwester! Was ist nur mit dir
los?" Ihre Beine wurden durch ihr angeschlagenes
Gemüt schwer, so schwer, dass sie sich fast schon
durch den dunklen Flur weiter schleppen musste.
Am Ende des Flurs versprach das wild blinkende
Telefon eine neue Nachricht. Carmen versuchte ihre
innere Unruhe mit ihrer Neugierde zu bekämpfen,
drückte die Taste und hörte Geräusche, noch ehe
die Nachricht abgespielt wurde. Sie musste sich in
ihrer eigenen Wohnung orientieren, die
ungewöhnlichen Geräusche zuordnen, und stellte
schließlich fest, dass flüsternde Stimmen aus dem
Wohnzimmer drangen. Ihr Herz schlug noch
schneller, so schnell, dass ihr Brustkorb viel zu eng
zu sein schien. Ihre Beine begannen sich zu
bewegen, im Hintergrund gab die Mailbox eine
Nachricht von Marissa frei. „Hallo Schwesterherz ...
vermutlich schläfst du noch ... ich rufe später
wieder an ..." Carmen stieß vorsichtig die Türe zum
Wohnzimmer ein wenig auf, steckte mit all ihrem
Mut, trotz ihrer Angst, ihren Kopf durch den Spalt

hindurch, doch in dem Raum war niemand. Mutiger trat sie nun doch in das Zimmer ein, sah sich um und bemerkte, dass die Geräusche aus dem flackernden Bildschirm an der Medienwand drangen. Der DVD-Player leuchtete aktiv und zeigte an, dass eine DVD schon länger abgespielt wurde. Carmen konnte aus dem ungünstigen Winkel ihres Standortes keine Bilder erkennen, so beschloss sie, ihre letzten Hemmungen über Bord zu werfen und sich dem Gerät noch mehr zu nähern. Mit jedem Schritt wurden die Geräusche lauter. Mit jedem Schritt glaubte Carmen ungläubig die leisen Stimmen, den schärfer werdenden Bildern zuordnen zu können. „Das kann doch nicht wahr sein!", murmelte Carmen leise, fast schon fassungslos. Entgeistert suchte sie in ihrer Jackentasche nach ihrem Handy und suchte wild, die bereits eingespeicherte Nummer von Simone. Die Bilder flackerten indes munter vor ihren Augen vor sich. Ein Signalton meldete das Melden einer Mailbox. Ungeduldig hörte Carmen den nur wenig persönlichen Hinweistext von Simone ab, bis sie endlich ihre Nachricht hinterlassen konnte. „Hallo Simone, bitte rufe mich sofort zurück! Du wirst nicht glauben ... oder vielleicht doch, denn du bist ja gerade bei Thorsten! Bei mir läuft eine DVD, die alles auflöst!" Dann stockte ihre Stimme! Erst durch das laute Aussprechen wurde ihr bewusst, dass diese DVD sich nicht selbst in ihren Player gelegt haben konnte. Ihr Atem gefror für einen Augenblick, die Welt hörte für eine Sekunde auf, sich zu drehen. Dann sagte ihr Mund. „Ich flehe dich an, Simone, bitte komm her! Ich ... weiß nicht ... zu wem ich sonst noch gehen sollte, oder ich sonst noch vertrauen könnte ... bitte ... komm her!" Carmens Gedanken begannen zu kreisen. Ihre Wohnung war nicht mehr sicher, die DVD gab Informationen preis, die sie niemals wissen wollte! Warum sie? Was hatte sie nur getan? Carmen wusste nicht mehr viel, aber sie fühlte!

Sie fühlte echte und pure Angst! Noch nie in ihrem Leben war ihr so kalt! Sie musste raus aus dieser Wohnung! Doch wohin? Wem sollte sie noch vertrauen können? Renate war noch immer in Untersuchungshaft, aber sie hatte einen Wohnungsschlüssel von ihr. Doch wäre sie dort sicher? Sie musste weg! Aber wie? Sie hatte nicht einmal einen Wagen! Ihr Nachbar? Sollte sie ich von ihm das Auto leihen? Was sollte sie ihm als Grund geben? War nicht alles wahnsinnig? Wer würde ihr glauben?

Entschlossen drückte sie eine Taste an ihrem DVD-Player, der Bildschirm wechselte ins helle Blau, die kleine Klappe auf der Oberseite des Deckels öffnete sich, Carmen griff beherzt zu und schnappte sich die noch drehende, glänzende kleine Scheibe, steckte sie in ihre Jackentasche und setzte sich in Bewegung. Sie musste hier raus! Nur wohin? Mit panischen Schritten suchte sie zweifelnd den Weg hinaus aus ihrer einst so sicheren Wohnung! Der Hausflur war dunkel, vorsichtig tastete sie die Wand über ihrer Wohnungsklingel nach dem Lichtschalter ab. Zu Carmens Erleichterung flackerten die Neonröhren schnell auf und spendeten wie gewohnt ihr grelles Licht. Noch einen tiefen Atemzug später rannte sie bereits das viel zu große Treppenhaus hinab, ahnte jemanden hinter sich, oder bildete sie sich alles nur ein? Sie versuchte das Gleichgewicht zu bewahren, tastete hastig ihre Jacke ab und spürte noch immer die DVD an seinem Platz. Dies war Realität! Doch sie wagte nicht zurückzublicken, zu groß war die Angst auch darin zu bestätigt zu werden, dass ihr in dem gleich schnellen Tempo gefolgt wurde. Nur was man sieht, ist auch wahr! Zweifelte sie deshalb so stark an ihrem Glauben, der ihr von ihren Eltern gelehrt wurde? Sollte sie endlich wieder glauben lernen? Carmen versuchte noch schneller zu werden, einen Vorsprung vor der noch so fernen Haustüre zu erkämpfen, doch die fremden Geräusche näherten sich immer mehr, drängender. Die Haustüre, endlich versprach sie, nur noch wenige Stufen entfernt, den Zugang in die rettende Öffentlichkeit. Hastig versuchte Carmen die Klinke zu drücken, riss daran und stürzte über den kleinen Absatz hinaus ins Freie zu Boden. Der Aufprall war heftig, ihr Gesicht bremste die Fahrt über den geschotterten Gehweg schmerzhaft, ihr Hände ächzten unter der plötzlichen Last ihres Körpers und ihre noch nicht ganz verheilten Blessuren beschwerten sich über die unerwarteten Erschütterungen. Doch die Schritte hinter ihr wurden langsamer, ein Schatten vom Gehweg her näherte sich.

„Was machst du denn?", fragte sie eine nur zu vertraute Stimme. „Hast du dir wehgetan?"

Carmen versuchte die Teile ihres Körpers zu sortieren und sah mit einem gequälten Lächeln nach oben. „Marissa? Was willst du von mir?"

Ihre Schwester lachte hart auf und sprach, allerdings nicht an Carmen gerichtet: „Hast du das gehört? Sie fragt wirklich, was ich von ihr will! Sie versteht es einfach nicht!"

Die Schritte aus Carmens Rücken näherten sich mit festem Tritt, eine weitere Frauenstimme erwiderte verächtlich: „Dann musst du es ihr deutlicher verständlich machen, Marissa! Sie hat ja auch eine sehr schwere Woche hinter sich!"
Carmen verstand von all dem eigentlich kein Wort, doch sie verstand die Geste ihrer Schwester, die ihr sehr deutlich vermittelte, dass sie ihr folgen sollte. Carmen seufzte tief auf! Was sollte dieses Spiel? Und warum hatte sie das seltsame Gefühl, dass sie sich nicht zur Wehr setzen konnte? Warum hatte sie das Gefühl einer emotionalen Lähmung? Einer Willenlosigkeit? Hatte Anita ein ähnliches Gefühl? Warum Anita?

„Na, komm schon! Steh auf!", befahl nun die Stimme aus dem Hintergrund deutlicher. Carmen mühte sich vom Boden hoch und folgte willenlos ihrer Schwester, wohlwissend, dass sie es eigentlich nicht tun sollte! Ihre Schwester öffnete ihr die Tür zu einem Mini-Van, den Carmen zwar bereits einmal gesehen hatte, allerdings noch nie von innen. Carmen stieg einfach ein. Ein Beobachter glaubte vermutlich, völlig freiwillig! Aber stieg sie nicht auch freiwillig ein? Ungläubig ihrer neusten Erkenntnisse? Ihre Schwester setzte sich neben ihr auf den Sitz zur Schiebetüre hin, ihre Begleitung hinter das Lenkrad und sogleich den Wagen in Bewegung.

Das Auto war warm und vermutlich noch nicht lange geparkt. Carmen versuchte, ihre wild umherschwirrende Fragen in Worte zu fassen. Leise, fast schon flüsternd, fragte sie Marissa: „Was hast du mit unserer Sekretärin zu tun?"

Frau Gruber lachte heiser, doch Marissa war nicht zu lachen zumute. „Sprich nicht in diesem Ton über sie! Sie hat einen Namen!"

Carmen schüttelte sich verwirrt. „Aber ... ich weiß doch, dass sie Gruber heißt! Aber was soll das denn alles? Habt ihr beide diese grauenvollen Morde verbrochen? Was ist denn nur passiert? Und was wollt ihr nur von mir?" Doch Marissa sah sie nur mit ungläubigen und fast schon traurigen Augen an.

Frau Gruber hingegen war redseliger. „Wir haben viel Zeit, meine Liebe! Und am Ende des Abends hast du deine Antworten!"

„Carmen? ... Carmen ... wach auf! Was ist denn? Träumst du?" Simone schüttelte heftig an Carmens Schultern.

Carmen schreckte hoch, Schweiß rann über ihr Gesicht und ihren Rücken, ihr Shirt lag durchtränkt von Angst eng an ihrem Körper an. Atemlos schüttelte sich Carmen. „Wo bin ich?"

Simone lächelte beruhigend, legte sanft ihren Arm um ihre Schultern und drückte Carmen an sich. „Es ist alles gut! Du hattest nur einen Albtraum! Weißt du nicht mehr? Du hast bei mir übernachtet! Du bist bei mir in meiner Wohnung! Alles ist gut!"

Carmen atmete tief durch. „Oh Gott! Es war so realistisch! So echt! Es war ... einfach furchtbar! Noch nie hatte ich so große Angst!"

Simone drückte sie nochmals, dann schlug sie vor: „Es ist zwar noch sehr früh, aber ich mache uns jetzt einen Kaffee und Frühstück! Du gehst zwischenzeitlich duschen und wäscht dir die Angst vom Körper ab! Und dann treffen wir uns in der Küche und du erzählst mir alles! Einverstanden?" Doch Simone wartete keine Antwort ab, sondern verschwand bereits aus dem Zimmer. Aus dem Flur rief sie einen Augenblick später noch: „Ich lege dir frische Sachen ins Bad! Müssten dir eigentlich passen!"

Carmen versuchte, noch immer fassungslos, dass sie nur einen sehr realistischen Albtraum hatte, ihre Beine aus dem Bett zu hiefen. Der Boden war kalt mit Holzdielen versehen und verströmte eine eisige Stimmung über ihre Zehen bis zu ihrer Nasenspitze. Trotzdem setzte sich Carmen mutig in Bewegung. Mit schweren Schritten schleppte sie sich ins Bad, das bereits mit warmen Kerzenlicht und aufgedrehter Heizung sie zu erwarten schien.

Carmens Lippen überfiel ein kleines Lächeln, als sie sich der ganzen Aufmerksamkeit ihrer Gastgeberin bewusst wurde. Das Bad war in der Tat auf voller Leistung erwärmt, kuschelige Handtücher bereitgelegt, daneben säuberlich frische Wäsche, wie auch eine Jeans und ein bequem wirkendes Sweatshirt drapiert. Auf allen möglichen freien Ablageflächen waren kleine Kerzen entzündet und verbreiteten eine wohltuende Ruhe. Carmen atmete tief auf, Simones Wohlfühltherapie wirkte bereits auf eine angenehm unaufdringliche Art. Das Wasser war herrlich warm, die Seife schmiegte sich sanft an Carmens Körper und verströmte einen betörend milden Duft in dem kleinen Raum der Duschkabine. Mit jedem Wassertropfen ein wenig mehr, entspannte sich eine Muskelfaser nach der anderen, Carmens Schultern wurden immer mehr bereit, sich auch ein wenig fallen zu lassen und der stechende Kopfschmerz, von ihrem Nacken ausgehend, wurde milder. Ein wenig sogar schwamm mit dem Strom des Seifenwassers ihre Angst den Abfluss hinab. Ihre Gedanken wurden wieder klarer, in der Lage den Traum in Worte zu fassen, zu verstehen, dass es nur ein Traum war. Vorsichtig suchte Carmen, noch ein wenig zweifelnd, ihren Körper ab. Sah keine weiteren Schrammen, die auf einen Sturz hindeuten könnten, zwickte sich selbst in die Backe, nur um sicher zu gehen, dass sie nun nicht träumte, sich weg träumte in eine bessere angenehmere Welt! War es bei Simone schöner, als in ihrer eigenen Realität? Etwa eine viertel Stunde später war Carmen endlich wieder bereit für die Welt, und insbesondere für ein frühes Frühstück. "Es ist ja noch nicht einmal acht!", stellte sie überrascht fest, als sie die Küche betrat.

Simone grinste, völlig wach und gut gelaunt, ließ voller Energie zwei Tassen Kaffée auf den Frühstückstisch wandern und erklärte nebenbei:

„Das macht doch nichts! Ich bin gerne früh auf, da habe ich die besten Gedanken!"

„Wie hast du geschlafen?", fragte Carmen und dachte an die Begrüßungsszene aus ihrem Traum. Was würde Simone nun wohl antworten?

„Gut danke! Das Sofa ist wirklich bequem! Ich nutze es oft als Gästebett und manchmal schlafe ich auch so ein, wenn ich es nicht mehr ins Bett schaffe! Also mach dir keine Gedanken, dass du mir mein Bett weggenommen hättest!" Carmen lächelte erleichtert, was Ihrer Gesprächspartnerin nicht entging. „Hast du dir darüber Gedanken gemacht? Was hast du eigentlich geträumt? Es hörte sich ja furchtbar an!"

„Ach der Traum ging ganz angenehm los! Wir haben gemeinsam gefrühstückt, dann hast du einen Anruf erhalten, dass Heine aufgewacht wäre ... Wir hatten eine Diskussion, glaube ich ... du wolltest mich am Nachmittag nicht mehr sehen ..."

„Echt? Was hast du denn angestellt?", amüsierte sich Simone fast schon.

Carmen überlegte. „Ich weiß es nicht mehr! ... Auf jeden Fall hast du mich nach Hause gebracht ... ich bin hoch in meine Wohnung ... es lief eine DVD ..."

„Als du reinkamst? Es war jemand in deiner Wohnung und sah DVD? Was für einen Film?"

Carmen fühlte sich fast schon gestört in ihren Erinnerungen oder vielmehr in ihrer wieder aufkeimenden Angst! „Es war ... Der Film zeigte Heine ... wie er von ... das ist echt unglaublich ... wie kann ich nur so etwas träumen?"

„Was hast du denn geträumt?" Simone wurde ungeduldig. „Wer war es denn? Vielleicht hast du ja übersinnliche Fähigkeiten ... oder dein Unterbewusstsein erlaubt dir mehr, frei von allen gesellschaftlichen Zwängen und persönlichen Bindungen, dein Wissen zu kombinieren!"

Carmen sammelte ihren Mut, das Unglaubliche auszusprechen. „Marissa und Frau Gruber! Aber die beiden kennen sich doch gar nicht!"

Simone sah sie überrascht an, doch dann setzte sich sofort wieder ihre Spürnase in Aktion. „Deine Schwester? Wie ist eigentlich euer Verhältnis wirklich? Gibt es noch Dinge, die ihr in eurem Leben nicht geklärt habt?"

Carmen lachte auf. „Oh Gott ... gibt es das nicht unter allen Geschwistern? Olle Kamellen, die eigentlich nicht wirklich wichtig sind!"

Simone atmete tief ein und wirkte nachdenklich. „Ich weiß nicht ... manchmal ... ist einem Selbst etwas nicht wichtig, aber der andere ... du ahnst nicht, was ich alles schon für verrückte Geschichten gehört habe! Und die dann der Auslöser für eine Gewalttat wurden ... aber ... Frau Gruber ... hm ... ich werde beide überprüfen! Bis jetzt waren sie in unseren Untersuchungen noch nicht im Mittelpunkt! Aber vielleicht haben wir ja etwas übersehen, was vielleicht dein inneres Auge tatsächlich wahrgenommen hat!"

„Ich weiß nicht ...", zweifelte Carmen stark, wollte aber auch nicht zu sehr widersprechen, denn irgendwie beruhigte sie Simones Reaktion ein wenig auch. „Ich werde übrigens eine neue Telefonnummer beantragen!"

„Ich hoffe eine Geheimnummer, meine Liebe!", grinste Simone verschmitzt. „Es ist wirklich unglaublich ..."

„Du hast meine Adresse im Internet gefunden?",
warf Carmen plötzlich wissend ein.

Simone stockte. „Ja ... heute Nacht! Woher weißt du
das?"

Carmens seufzte tief auf. „Darüber haben wir in
meinem Traum gestritten! Was ist denn nun real?
Mein angeblicher Albtraum oder dieses Frühstück
hier?", zweifelte Carmen immer mehr an ihrem
Verstand.

Simone drückte ihre Hand. „Keine Angst! Wir sitzen
hier wirklich, und ich drücke deine Hand! Das
musst du doch spüren? Und ich rufe sofort Kollegen
an, die deine Wohnung überprüfen sollen! Und wir
beide ... du wirst hier bei mir wohnen, bis der Fall
geklärt ist!"

„Das ist doch Unsinn! Nur weil mich auf einmal die
Panik packt ..."

„Stimmt, es ist Unsinn, was du gerade sagst! Deine
Panik ist doch berechtigt! Das Netz um dich herum
wird immer enger, und auch ich bin wie dein
Unterbewusstsein der Meinung, dass dein Leben in
Gefahr ist! Außerdem dauert es nicht mehr lange!
Meine Kollegen vernehmen gerade in dieser Stunde
Heine! Ich warte schon die ganze Zeit, bis sie
anrufen!", widersprach Simone bestimmt.

Carmen lenkte ein, trotz allem beruhigt, dass sie
offensichtlich noch Herrin ihrer Sinne war. „Gut,
dann warten wir! Wobei der arme Kerl mir schon
leidtut, dass er nicht einmal ausschlafen darf,
nachdem er so viel durchgemacht hat!" Das Telefon
verhinderte mit einer angenehme Melodie ein
Fortführen des Gesprächs. Carmen versuchte aus
den wenigen Worten von Simones Antworten einen

Sinn zu entnehmen, doch dies wurde aufgrund deren Einsilbigkeit sehr erschwert. Als Simone endlich das Telefonat beendet hatte, war Carmens Neugierde nicht mehr zu bändigen. „Und? War das ein Kollege von dir? Was hat er gesagt? Konnte Heine sagen, wer es war?"

Simone sah sie ernst an. „Er ... hat eine Aussage gemacht, aber ... ich kann es noch nicht ganz glauben ... Wir müssen das wirklich erst überprüfen!"

„Was hat er denn gesagt? Oder darf ich es nicht wissen?"

„Er ...", zögerte Simone weiter. „Aber es ist wirklich noch nicht bewiesen ... er meint, Frau Gruber erkannt zu haben! Und es wäre noch ein Mann dabei gewesen! Den hat er aber nicht erkannt!"

„Ein Mann?", stammelte Carmen verzweifelt und doch erleichtert, dass Marissa nicht von Heine genannt wurde.

„Wir fahren jetzt in deine Wohnung! Wollte Marissa dich nicht heute Vormittag anrufen?", warf Simone in Carmens Gedanken hinein.

Carmen versuchte, sich zu sammeln. „Ja ... warum? Was willst du denn in meiner Wohnung?"

„Wenn ...... vielleicht finden wir ja noch Hinweise in deiner Wohnung!"

„Was willst du denn da noch finden? Vielleicht eine DVD?", spottete Carmen verunsichert.

„Irgendwie habe ich das Gefühl ... und mehr ist es wirklich nicht ... dass die Lösung in deiner Wohnung liegt!", beharrte Simone weiter.

„Gut ... wenn du meinst, dann fahren wir hin! Aber ... was ist, wenn ...", wollte Carmen noch bedenken, doch Simone ahnte bereits ihre Befürchtungen.

„Ich ruf noch schnell meine Kollegen an und fordere Verstärkung an! Am Besten Martin und Dieter! Die sind sowieso noch im Dienst!"

Der Weg zu Carmens Wohnung war an diesem
Morgen besonders weit, die vielen Stufen hinauf
über das Treppenhaus besonders viele, und
Carmens Atem noch besonders viel schneller. Bilder
aus ihrem nächtlichen Traum kehrten vor ihren
Augen zurück. Ihre Flucht diese Stufen hinab, das
Gefühl hinter sich einen Menschen ihr folgend zu
spüren. Auch nun folgte ihr ein Mensch, vielmehr
drei. Wie versprochen, standen Simones Kollegen
bereits bei ihrer Ankunft vor dem Haus bereit,
versicherten ihnen, dass sie die Umgebung bereits
kontrolliert und auch nach dem Fahrzeug von Frau
Gruber abgesucht hätten, doch niemanden und
nichts finden konnten. Unerklärlichen Ahnungen
aber sagten Carmen, dass diese Auskunft sie nicht
beruhigen konnte. Sie konnte eine seltsame
Bedrohung fast schon körperlich spüren. Immer
wieder sah sie sich um, ob sie tatsächlich nur von
den drei Beamten verfolgt wurde, Simone lächelte
sie immer wieder fragend an, doch mehr war hinter
ihr nicht zu sehen. Nach einer Ewigkeit kam sie
endlich mit dem Tross im Schlepptau in ihrer Etage
an. Die Türe zu Schnawiskis Wohnung wurde
gerade geschlossen. Es konnte natürlich Zufall sein,
aber vielleicht hatte er sie beobachtet? War er, der
noch unbekannte männliche Täter? Carmen
verfluchte sich für ihre Gedanken! Was sollte ihr
Nachbar mit der ganzen Sache zu tun haben?
Entschlossen öffnete Carmen ihre Wohnungstüre
und trat hinein. Wie in ihrem Traum leuchtete ihr
Anrufbeantworter wild in der Dunkelheit des Flures.
Carmen suchte nach dem Lichtschalter, erleuchtete
den fensterlosen Raum und ging, ohne ihr Tun zu
erklären, zu dem Aufnahmegerät. Sie drückte die
Abspieltaste und hörte sogleich die Stimme ihrer
Schwester.
„Hallo Schwesterherz ... vermutlich schläfst du
noch, es ist ja auch noch sehr früh ... ich rufe
später wieder an ..."

Simone ging an ihr vorbei ins Wohnzimmer und suchte prüfend den Raum ab, während ihre Kollegen die übrigen Räume auf verdächtige Spuren auf Eindringlinge untersuchten. Carmen entschied sich dafür, der inzwischen vertrauten Person zu folgen. „Und? Irgendetwas ungewöhnlich?", fragte Simone sie sogleich.

Carmen sah sich prüfend um, ihre Augen blieben am DVD-Player hängen. „Seltsam, der DVD-Player und das TV-Gerät sind auf Stand-by ... das mache ich nie!"

Simone verzog ihr Gesicht zu einem kritischen Blick, zog Einmalhandschuhe aus ihrer Jacke und begutachtete sogleich prüfend die Geräte. „Es ist noch warm, als hätte es lange gelaufen! Seltsam ..." Simone drückte die Play-Taste des Abspielgerätes, das Fernsehgerät leuchtete hellblau auf, dann verdunkelte es sich, eine Aufnahme wurde abgespielt. Heine war zu sehen, wie er gefesselt in einem abgedunkelten Raum darum bettelte, endlich freigelassen zu werden. Dann trat Frau Gruber in das Bild, sie beschimpfte Heine als lächerliche Witzfigur, verhöhnte ihn, verfluchte ihn als arroganten und perversen Lehrer, der nicht einmal in der Lage wäre, selbst aufzustehen. Aus dem Hintergrund drang eine Stimme, eine männliche! Carmen versuchte genau hinzu hören, doch sie konnte die Stimme einfach nicht identifizieren, zu undeutlich und leise waren die Aufnahmen. Simone suchte den Hintergrund ab und deutete auf eine Spiegelung in einem Glasschrank! „Da ... siehst du! Wenn wir das Material nachbearbeiten, können wir die Person hinter der Kamera sicher erkennen!"

Carmen war erleichtert. „Das ist gut! Das ist sehr gut! Ich erkenne die Stimme nämlich überhaupt nicht!"

„Ich frage mich viel mehr, warum dein Traum so verdammt nahe an der Realität ist! Hattest du so etwas schon öfters? Hast du schon häufiger Ereignisse aus der Zukunft geträumt? Oder wusstest du, dass diese DVD hier ist?", fragte Simone plötzlich ungewöhnlich kritisch.

„Spinnst du? Du ... hast mich doch selbst geweckt ... du hast doch selbst miterlebt, dass ich das alles nur geträumt habe!", verteidigte sich Carmen erschrocken.

Simone sah sie zweifelnd an. „Das hätte auch gut inszeniert sein können! Aber wir werden sehen ... am Besten ist es, wenn wir alles zusammenpacken und ins Labor bringen lassen! Ich werde die Spurensicherung anrufen, damit sie deine Wohnung auf den Kopf stellt! Oder hast du etwas dagegen?"

Carmen wurde es heiß, ahnte, dass es wichtig war, in dieser Situation keinen Fehler zu machen, auch wenn der Gedanke, dass in wenigen Stunden ihre Wohnung wieder von fremden Menschen durchwühlt werden würde, unangenehm war. „Nein ... natürlich nicht! Wenn das nötig ist! Vielleicht hat unser jemand ja auch Spuren hinterlassen!"

„Und wir gehen jetzt erst einmal zum Präsidium!", bestimmte Simone weiter.

Carmen wagte nicht Simones Plan zu hinterfragen, ahnte, dass ihre Gesprächspartnerin voller Zweifel war! Verständlich, Carmen war es ja auch! So folgte sie Simone, versuchte derem schnellen Gang durch den Flur, durch das Treppenhaus zu folgen. Simone wurde außerhalb des Hauses noch schneller, so war Carmen froh, dass der Wagen, entgegen Simones Gewohnheiten, ausnahmsweise direkt vor dem Haus geparkt war. Ohne Worte stieg Simone ein, Carmen folgte ihr noch immer schweigend. Simone fuhr ohne weitere Erklärungen einfach los, an ihrem Fahrstil glaubte Carmen, eine Art der Wut zu erkennen. Sie wagte einen Versuch ein Gespräch zu beginnen, wollte versuchen, den aufkeimenden Verdacht wegzuwischen. „Simone ... glaub mir, ich weiß wirklich nicht ..."

„Sei bitte still, ich muss nachdenken!", zischte Simone scharf. Carmen zuckte erschrocken zusammen und beschloss im Stillen, für sich, erst einmal auch selbst nachzudenken. Dass Frau Gruber eine Täterin war, war nun definitiv bewiesen. Zum einen lag die DVD vor und zum anderen gab es die Aussage von Thorsten Heine. Dann war da noch ihr Traum. Sollte ihre Schwester tatsächlich ein Motiv haben? Passte da ein Mann mit in das Spiel? Aber es war kein Spiel, sondern tödlicher Ernst! Drei Menschen hatten bereits ihr Leben verloren! Marissa sagte, dass sie Carmen nicht verletzen wollte! Es war unmöglich, dass sie beteiligt sein sollte! Aber sie hätte einen Schlüssel zu ihrer Wohnung! Selbst von der neuen Schließanlage! Aber wer sonst noch? Doch Renate? Wer war der Mann? Welchen Mann kannte sie schon, der mit allen vier Opfern Kontakt hatte? Wer gewaltbereit genug? Rolf? Einer ihrer Schüler? Konrad? Oder ein ganz anderer Mann, außerhalb der Schule? War Gruber als Verbindung zur Schule nicht genug? „Wir sind da!", klärte Simone sie barsch auf. Carmen schreckte hoch, bemerkte an ihrer Umgebung, dass sie in einer Tiefgarage gelandet waren! Als Simone registrierte, dass Carmen zögerte, klärte sie ihre Begleiterin nochmals auf. „Wir wollten doch ins Präsidium! Wir sind in der Tiefgarage des Selbigen! Und jetzt gehen wir hoch!"

„Gut ... dann gehen wir hoch!", willigte Carmen ergeben ein.

Die Tiefgarage war nur schwach beleuchtet, für Carmens Geschmack zu schwach. Und doch bemerkte sie zufrieden viele Überwachungskameras. Auch Simone entdeckte Carmens Entdeckung. „Es gibt viele Kameras, überall in der Stadt! Hier sind sie nur absichtlich sichtbar ... zur Abschreckung!"

„Ist das denn im Polizeipräsidium notwendig? Wer traut sich denn hier schon freiwillig rein? Will nicht jeder so schnell wie möglich wieder weg?", wunderte sich Carmen offen.

Zum ersten Mal, seit einer für Carmen viel zu langen Zeit, konnte sich Simone wieder ein Lachen entlocken lassen. „Ach Carmen, du bist wirklich unglaublich!"

Noch ehe Carmen darauf etwas erwidern konnte, hörte sie eine nur zu bekannte Stimme in ihrem Rücken. „Ja, das ist sie!"

Carmen und Simone drehten sich in Windeseile um, dabei erkannte Carmen als Erste die neue Gesprächspartnerin. „Marissa! Himmel, warum schleichst du dich so an? Was machst du hier?"

„Ich wollte dich besuchen, da habe ich gesehen, wie du bei Simone in den Wagen gestiegen bist, und bin euch gefolgt!", stammelte Marissa entschuldigend.

Dann erst erkannte Carmen den jämmerlichen Zustand ihrer Schwester. „Was ist nur mit dir los? Hast du heute Nacht nicht geschlafen? Weinst du?"

„Oh Gott, Carmen ... es tut mir so leid!", wimmerte Marissa allerdings nur.

Simone räusperte sich leise, schob mit einer Hand Carmen etwas vor und zog sich selbst zurück. Carmen nahm dieses Signal auf, ging auf ihre

Schwester zu, nahm das zitternde Wesen vorsichtig in ihre Arme. Für was wollte sie sich nur entschuldigen? War sie doch in den Fall verwickelt? Äußerst verunsichert fragte Carmen leise: „Was tut dir leid? Marissa was ist denn passiert?"

Marissa lachte ein wenig in ihr Wimmern hinein. Nach ein paar Atemzügen stammelte sie: „Ich glaube ich ... ich habe dir noch nie von meiner Therapie erzählt!"

„Therapie?", staunte Carmen betroffen. Wie wenig wusste sie von ihrer Schwester?

Marissa löste sich aus ihrer Umarmung, suchte Distanz und fand einen Treppenabsatz, auf den sie sich niederließ. Carmen hingegen fand Simones Hand, an der sie sich festhalten konnte. Diese griff beherzt zu. „Seit drei Jahren ... ich kam einfach mit dem Tod unserer Eltern nicht klar ... es waren noch so viele Fragen ... und so viel Wut ... mit der Zeit immer mehr auch auf dich! Ich wurde so wütend, dass auch ein Beziehungsversuch nach dem anderen scheiterte! Gab selbst daran dir die Schuld! Ich wusste, ich muss was tun!"

„Aber warum erzählst du das ausgerechnet heute?", fragte Simone nachdenklich. Auch Carmen stellte sich diese Frage, doch begnügte sich für den Augenblick mit den Erklärungen ihrer Schwester.

„Ich ... unsere Diskussion von gestern ...", begann Marissa zu erklären. „Mir wurde auf einmal klar, dass du mich nicht verstehen kannst! Ich rede über dich, aber nicht mit dir! Wie sollst du denn wissen, dass ich verletzt bin?"

Carmen stöhnte leise auf. „Allerdings! Aber lass uns bitte unsere Familiengeschichte nicht in einer Tiefgarage klären! Ich ... habe heute auch keine

Kraft mehr! In meiner Wohnung war eine DVD, auf der gezeigt wurde, wie Heine gefoltert wurde!"

„Echt? Ist ja der Hammer! Sieht man den Täter? Gab es Einbruchspuren? Wie ist der Täter reingekommen?", überlegte Marissa, sofort von dem noch offenen Rätsel wieder gefangen, mit.

„Nur Frau Gruber, unsere Schulsekretärin! Echt total verrückt!", berichtete Carmen freizügig.

Simone hingegen war noch immer ganz die kritische Ermittlerin. „Marissa? Warum sprichst du immer von einem Mann? Hast du einen Verdacht? Fällt dir vielleicht jemand ein, der einen Schlüssel von Carmens Wohnung hat?"

Marissa aber war bereits voll von den Informationen gefangen. „Frau Gruber? Wirklich? Ist ja seltsam ..."

„Warum? Du kennst sie doch überhaupt nicht!", wunderte sich nun Carmen über die Reaktion ihrer Schwester.

Doch diese schüttelte sich fast schon in die Realität zurück. „Doch ich ... sie ist auch bei meinem Therapeuten ... und Schlüssel? Ich habe einen! Ansonsten ... muss das doch Carmen wissen!"

„Wie heißt dein Therapeut?", wurde nun Simone sehr hellhörig.

„Dr. Witzler! Er hat seine Praxis gleich neben dem Arbeitsamt an diesem alten Stadttor! Warum? Glaubst du ... dass es da eine Verbindung gibt?"

„Es ist eine Verbindung ... eine kleine, aber immerhin ist es etwas!", überlegte Simone laut bereits eine Nummer in ihr Handy tippend. Einen Augenblick später gab sie bereits Anweisung, den

Therapeuten zu befragen, während sie den Schwestern andeutete, ihr in den oberen Teil des Gebäudes zu folgen. Carmen setzte sich gedankenverloren in Bewegung, ohne darauf zu achten, ob Marissa auch folgen würde. Was sollte der Therapeut von Marissa mit dem Fall zu tun haben? Warum war Frau Gruber in Therapie und warum überhaupt ihre Schwester? „Glaubst du, dass eine Therapie etwas bringt? Ich kenne nur Menschen, denen es dadurch noch schlechter geht!", sprach Carmen, ihrer Schwester gegenüber ungewöhnlich direkt, laut ihren nächsten Gedanken aus.

„Ich ... glaube schon! Manchmal ... hat es gut getan, einfach mit jemandem zu sprechen! Es war gut, jemanden gegenüber einfach sehr egoistisch, ohne Rücksicht auf Gefühle alle Gedanken aussprechen zu können!"

Carmens Magen verkrampfte sich gequält. „Was habe ich dir denn getan? Ich verstehe deine Wut wirklich nicht! Oder bin ich wirklich so desinteressiert? Ich habe gestern, nachdem du gegangen bist, viel nachgedacht ... Wie kann ich an etwas Interesse zeigen, wenn ich überhaupt nichts davon weiß? Mir ist schon bewusst, dass ich ziemlich wenig von deinem Leben weiß, aber ich hatte immer das Gefühl, dass du das auch so willst!"

Marissa atmete tief und lange aus. „Ich weiß! Seit heute Nacht weiß ich das!"

„Seit heute Nacht??? Was ist denn da passiert, dass es dir auf einmal so klar wurde?", wunderte sich Carmen.

Doch ihre Schwester lachte nur leise, deutete auf die Tür, hinter der Simone zwischenzeitlich

160

verschwand und erklärte. „Ich habe mich heute Nacht einem sehr langen Gespräch unterzogen, dem Besten seit Langem! Erzähle ich dir aber genauer, wenn dieser Wahnsinn vorbei ist! Ich glaube, wir sollten uns jetzt mehr auf diese Lady konzentrieren! Wie ist denn diese verdammte DVD zu dir in die Wohnung gekommen? Und warum hast du nicht gemerkt, dass jemand bei dir war? Warst du nicht zu Hause?"

Carmen lief rot an, nutzte die kleine Pause, während sie durch die Tür gingen und sich erst einmal in dem weiteren hellen Flur orientieren mussten und erst einige Türen weiter, Simones Stimme wieder zu hören bekamen, sammelte ihren Mut und gestand. „Ich habe ... wir waren Essen, dann habe ich bei Simone übernachtet." Marissa grinste und nickte nur, kommentierte das Verhalten ihrer älteren Schwester aber nicht. „Es ist nicht, wie du denkst ...", setzte Carmen unsicher an.

Doch ihre Schwester wehrte einen möglichen Erklärungsversucht ab. „Schwesterlein, ich denke nicht, sondern sehe nur! Und glaube mir, ich habe ganz sicher nichts dagegen, wenn du dich in Gesellschaft sicherer fühlst, sondern verstehe es! Aber auch das diskutieren wir später ... gib uns Zeit, Carmen! Und lass uns lieber weiter überlegen, wer unbemerkt außer mir in deine Wohnung kann!"

„Und warum! Ich verstehe das alles nicht!", seufzte Carmen tief betroffen auf. „Warum hinterlegt jemand in meiner Wohnung diese schrecklichen Bilder? Warum diese DVD?"

„Vielleicht um den Verdacht auf dich zu lenken? Hast du ... hasst dich jemand?", grübelte Marissa. „Ich muss gestehen ... sehr viel weiß ich auch nicht von dir!"

161

Carmen lächelte. „Vielleicht ist das ja auch ganz normal? Man hat in der Familie, und wenn sie auch nur noch auf zwei Menschen reduziert ist, einfach seine Rolle! Und ist es denn üblich, der Schwester alles zu erzählen? Oder will man nicht auch einfach die große Schwester bleiben, die alles unter Kontrolle hat?"

„Oder die kleine Schwester, die sich immer wieder über die Allwissenheit der Älteren ärgern kann ... kann sein!", stimmte Marissa zu. „Aber wer hasst dich so sehr, dass er für dich morden würde?"

„Ich ... kann es mir beim besten Willen nicht vorstellen, dass überhaupt jemand so verrückt ist! Es ist alles wie ein schlechter Traum, aus dem ich endlich wieder aufwachen will! Fällt dir vielleicht jemand ein? Und die Gruber? Ich habe ihr wirklich nichts getan! Alles in meinen Augen ganz normal! Aber das muss ja auch nichts bedeuten!"

Simone riss die angelehnte Tür ganz auf. „Kommt doch endlich herein, warum bleibt ihr nur auf dem Flur stehen?"

Carmen blieb fast das Herz stehen und Marissa begann, vor Schreck zu fluchen. „Verdammt, was soll das? Wir unterhalten uns nur und du verpasst uns fast einen Herzinfarkt! Hast du etwas von meinem Therapeuten gehört?"

Simone grinste. „Das wäre schon sehr schnell, selbst für uns! Aber Frau Gruber wird in etwa einer halben Stunde hier eintreffen, vielleicht erklärt sie uns ja einiges, wenn wir ihr die DVD vorspielen! Wollt ihr Kaffee?" Carmen trat in den geöffneten Raum unaufgefordert an Simone vorbei hinein. Es war ein nüchternes Büro mit zwei Schreibtischen, vor einer großen Fensterfront mit Blick auf die vorbeiführende, an diesem Tag noch ruhige

Hauptstraße. Zwischen den auf den Tischen verteilten Papierstapeln waren sogar kleine Grünpflanzen erkennbar. Rechts neben der Tür war eine kleine Küchenzeile untergebracht, auf der eine einfache Kaffeemaschine bereits in den letzten Zügen mit brodelnden Geräuschen das duftende Koffeingetränk produzierte. Simone zog aus einem kleinen Regal darüber drei große Tassen, die sie großzügig damit füllte. „Trinkst du ihn auch nur mit Milch, Marissa?"

Marissa nickte ihren Kopf zustimmend. „Ja, nur Milch! Ist das dein Büro?"

„Hm ... und das meines Kollegen!", erklärte Simone freimütig und um einiges besser gelaunt. „Nehmt doch Platz ... ich rufe nur noch meine Kollegin an, dass sie auch zur Vernehmung kommt!"

„Kollegen ... Kollegin ... wie viele seit ihr denn, die an diesem Fall ermitteln?", fragte sich Carmen desorientiert.

„Es wurde eine SOKO eingesetzt ... so viele Mordfälle haben wir in dieser Stadt glücklicherweise nicht ... wir sind insgesamt, mit der Unterstützung aus München zwanzig Personen!"

„Und welche Rolle nimmst du in diesem Team ein?", wollte Marissa genauer wissen und Carmen war ausnahmsweise froh über die Neugierde ihrer Schwester. So musste sie diese Frage nicht selbst stellen.

„Ich bin die leitende Ermittlerin! Hier ... aber ich habe natürlich Vorgesetzte, denen ich täglich Rapport erstatten muss ... und ich stehe ziemlich unter Druck! Es gab hier noch nie einen Serienmord ... und die Aufklärungsquote bei Tötungsdelikten liegt bei neunzig Prozent!"

163

„Was vermutlich daran liegt, dass hier eben kaum etwas wie Mord passiert und der Rest ist sicher meistens Familiendrama!", ahnte Carmen.

„Ihre Lieblingsserie ist CSI! Sie liebt Krimis, du musst mal ihr Bücherregal ansehen!", klärte Marissa die verdutzte Polizeibeamtin auf.

„Ich weiß, ich habe die Bücher und DVDs bereits bemerkt! Und von dieser Serie hat sie mir auch schon erzählt!", erinnerte sich Simone. „Warum bist du dann nur so naiv? So unkritisch gegenüber deiner Umwelt? Warum bist du ein so leichtes Opfer? Wer ist uns gestern zum Restaurant gefolgt? Kennst du jemanden mit einem dunklen Geländewagen oder Van?"

„Nein ... wirklich nicht!", verteidigte sich Carmen müde. „Warum habe ich immer mehr das Gefühl, dass du mir seit heute Morgen nicht mehr glaubst?"

Simone stöhnte auf. „Ich will ja ... aber ... es ist alles so seltsam und ich fühle mich immer mehr in einen dieser Kriminalromane aus deinem Bücherregal versetzt! Es ist so ... konstruiert und unrealistisch! Als dein Chef ermordet wurde, dachten wir noch, dass es eine Rachetat war ... Bei Anita glaubten wir noch immer daran ..."

„Vielleicht ein Schüler ...", führte Marissa Simones Gedanken fort.

Doch Carmen wusste es besser. „Blödsinn, dafür waren die Taten zu brutal! Aber trotzdem müssen alle eine Gemeinsamkeit haben! Und ich sehe nur die Schule!"

„Die haben wir mit Frau Gruber! Vielleicht bekommen wir ja eine Erklärung über sie! Vielleicht war sie ja auch federführend und hatte einfach nur einen Helfer! Wir werden sehen!" Simone wirkte plötzlich wieder zuversichtlich.

Carmen hingegen fühlte sich immer mehr verunsichert. Sie nahm einen großen Schluck aus ihrer Tasse, spürte wie das warme Getränk sich den gewohnten Gang über die gereizte Speiseröhre suchte und den bereits meckernden Magen fand. Die Säure empfing den neuen Gast mit kleinen brodelnden und deutlich spürbaren Ausbrüchen. Was sollte Frau Gruber gegen sie haben? Gut, sie beachtete sie zwar auch nicht besonders, aber sie hatte gegen die Sekretärin auch nie etwas Negatives unternommen. Hatte Simone nicht sogar erzählt, dass sie sich über Carmen positiv geäußert hatte? Aber vielleicht war dies auch nur ein Ablenkungsmanöver und Frau Gruber hasste Carmen aus welchen Gründen auch immer. Vielleicht war sie ja auch nur verrückt, immerhin war sie ja auch bei einem Therapeuten! Aber Marissa ja auch und ihre Schwester war auf keinen Fall verrückt! Wer hätte mit Gruber ein gemeinsames Spiel spielen wollen? Jemand aus der Schule? Rolf? Er hatte vielleicht einen Hass auf Frauen, hätte vielleicht Anita erwürgen können, doch den Direktor? Konrad! Ihm war Anita schon lange als stellvertretende Schulleitung ein Dorn im Auge, vermutlich auch Hofmeister, da dieser ja Anita an seiner Seite wollte! Doch war dieser berufliche Neid genug Motiv? Warum hatte er sich auch an Thorsten Heine vergriffen? „Habt ihr eigentlich schon Konrad überprüft?", fragte Carmen plötzlich spontan laut an Simone gerichtet.

Simone und Marissa waren zwischenzeitlich in ein eigenes Gespräch vertieft und wirkten sogar sehr entspannt, sodass sie über Carmens Zwischenfrage sehr überrascht hoch schreckten. „Ähm ... ja! Wir haben ihn überprüft und er hat Alibis! Verschiedene und sehr stichhaltige!"

„Blöd! Wer könnte es denn noch sein?" Carmen war enttäuscht, dass ihre Gedankengänge so ins Leere liefen, die Fragezeichen wurden immer größer und doch spürte sie, dass sie der Lösung bereits sehr nahe waren. „Warum sind wir eigentlich hier, Simone? Willst du mich noch offiziell zu etwas befragen?"

Simone lächelte und erklärte fast schon schüchtern: „Nein, will ich nicht! Eigentlich fühle ich mich nur wohler, wenn ich dich hier sicher weiß, solange die Täter nicht überführt sind."

„Ich will hier raus! Ich ... muss hier raus!", sprach Carmen ihr Gefühl deutlich aus. „Ihr habt die Gruber! Sie ist ja bereits überführt! Ich glaube nicht, dass ihr Komplize nun auf mich losgeht! Im Gegenteil, er wird sicher schon auf der Flucht sein, egal wer es ist! Ich will hier raus! Ich habe Hunger, ich brauche Luft zum Atmen!"

Marissa stand ihr bei und wehrte den kleinen Ansatz des Widerspruches in Simones Anglitz ab. „Sie kann doch bei mir wohnen! Wenn ich es richtig verstanden habe, dann kann sie in den nächsten Stunden sowieso nicht in ihre Wohnung."

„Gut! Aber lass sie nicht alleine! Und wenn euch etwas seltsam vorkommt, dann ruft sofort an!", ermahnte Simone sie erschlagen.

„Wo steht denn dein Wagen? Nicht in der Tiefgarage?" Carmen blinzelte in die Sonne und suchte mit einem befreiten Atem die Straße ab.

„Ich bin nicht durch die Schranke gekommen. Die Tiefgarage ist nur für Mitarbeiter! Und das habe ich nun doch nicht gewagt, in der Tiefgarage der Polizei widerrechtlich zu parken! Aber er steht gleich in der nächsten Nebenstraße! Warum hast du nach Konrad gefragt? Ist das nicht dieser ältere Kollege von dir?"

Marissa wechselte sehr schnell in einen Plauderton, wollte vermutlich von einem persönlichen Gespräch ablenken und ging mit schnellen Schritten voraus. Wieder einmal hatte Carmen Mühe zu folgen. Im Wagen fand sie endlich wieder Atem, als Marissa bereits auf die Hauptstraße einfuhr. „Wann wollen wir denn über uns sprechen?"

Carmen bemerkte, wie Marissa verkrampft ihre Kiefernknochen aufeinander presste, doch sie entgegnete sehr ruhig: „Das hat Zeit, Carmen! Wir sollten wirklich erst dieses Problem hier lösen!"

„Bin ich denn eine so schlimme Schwester? Warum kannst du mit mir nicht besprechen, was dich stört oder bedrückt? Ich wollte dich wirklich nie verletzen! Und ..."

„Ich weiß, Carmen!", unterbrach Marissa sie wirsch. „Du bist keine schlimme Schwester, und ich würde wirklich gerne jetzt in deinen Ferien mit dir eine Woche wegfahren! Wie wäre es, wenn wir gemeinsam in unser Sommerhaus fahren? Dann hätten wir jede Zeit der Welt! Aber heute haben wir wirklich ein anderes Problem!"

„Gute Idee!", willigte Carmen nachdenklich ein. „Was für ein Problem haben wir denn?"

„Oh Gott!", stöhnte Marissa entnervt. „Du bist wirklich unglaublich naiv! Du ... jemand will dir drei Morde unterjubeln und du fragst dich, was wir für ein Problem haben?"

Carmen lachte leise und zufrieden. „Schön, dass du uns als wir bezeichnest! Aber wie sollen wir das lösen? Wir müssen doch auf die Ergebnisse der Polizei warten! Und wohin fahren wir überhaupt? Das ist doch die komplett andere Richtung als zu deiner Wohnung!"

Marissa kicherte etwas verlegen. „Ich weiß ... ich dachte mir, dass ich dich nicht unbedingt in meiner Wohnung unterbringen sollte, denn wenn jemand hinter dir her ist, dann weiß er die auch!"

„Hm ... aber das ist auch nicht der Weg zu unserem letzten Versteck bei Herbert! Wohin fahren wir?", unterbrach Carmen ihre Schwester ungeduldig.

„Na ja ...", stammelte Marissa weiter. „Ich dachte mir, dass ich dich gleich mit jemandem bekannt machen könnte!"

„Die Frau, mit der du heute Nacht durchdiskutiert hast?", vermutete Carmen ins Blaue hinein.

Marissa stoppte an einer roten Ampel und sah sie verwundert an. „Woher weißt du? Ich habe doch gar nichts gesagt? Oder doch?"

„Nicht direkt!", beruhigte Carmen ihre Schwester. „Aber ein wenig höre ich dir doch zu! Wo wohnt sie denn und wie heißt sie? Kennt ihr euch schon lange?"

Marissa lächelte. „Sabine! Wir kennen uns seit gut einem Jahr und ... sie wohnt gut dreißig Kilometer von hier, total idyllisch auf einem renovierten Bauernhof!"

„Du findest Landleben idyllisch? Wow, die Frau muss ja toll sein!", wunderte sich Carmen über die Neuigkeiten. „Aber gut! Da vermutet uns niemand! Und sie hat nichts dagegen, wenn ich einfach mit auftauche?"

„Im Gegenteil! Ich ... sie will, dass wir kommen! Das Haus liegt frei und sie hat zwei Hunde! Es kann uns da auch niemand überraschen! Und sie will dich schon seit Monaten kennenlernen!"

„Echt? Was hast du denn von mir erzählt?" Auch Carmen wurde neugierig auf die noch Unbekannte, insbesondere, da sie noch nichts von dieser Welt aus Marissas Leben erzählt bekam.

Marissa grinste, langsam etwas entspannter. „Vermutlich zu wenig, daher ist sie auch so neugierig. Aber sie weiß, dass du meine einzige Familie bist! Und sie ist ein totaler Familienmensch!"

„Wie groß ist denn ihre eigene? Hat sie Geschwister?" Carmen hoffte auf diese Weise auch etwas über ihre neue Gastgeberin und für ihre Schwester offenbar so wichtigen Menschen, auf eine galantere Art zu erfahren.

„Sie hat einen älteren Bruder und zwei jüngere Schwestern! Ihre Eltern feiern Ende des Jahres ihren vierzigsten Hochzeitstag!", erzählte Marissa noch besser gelaunt, Carmen konnte, ohne ihre Schwester anzusehen, deren Begeisterung und Leidenschaft spüren. „Vor etwa fünf Jahren hat sie den Bauernhof sehr günstig erstanden und renoviert nun einen Teil nach dem anderen! Sie ist

Architektin und verwirklicht sich ein wenig in diesem Haus!"

„Hört sich sehr interessant an! Und wie habt ihr euch kennengelernt? Immerhin bist du ein absoluter Stadtmensch! Wie alt ist sie?", fragte Carmen mutiger. Marissa schenkte ihr einen merkwürdigen Blick, den Carmen noch nicht einordnen konnte. Wagte sie doch zu viel, für das von Carmen bisher nie registrierte zu dünne Band?

Doch Marissa konzentrierte sich wieder auf den Verkehr, warf einen kurzen Blick in den Rückspiegel und antwortete nebenbei: „Etwas älter als ich!"

Carmen fühlte, dass sie nun nicht mehr weiter fragen sollte. Sie sah aus den Fenstern und bemerkte, dass die Landschaft ländlicher und dünner besiedelt wirkte. Waldstücke wurden immer wieder kurz mit vor der Ernte stehenden, kleinen Feldern unterbrochen. Wer wollte in dieser Einsamkeit freiwillig leben? Carmen liebte die Natur im Urlaub, aber im Alltag benötigte sie die Möglichkeit in wenigen Minuten in die Zivilisation einzutauchen, auch ohne in ein Fahrzeug einsteigen zu müssen. Sie wollte nie einen langen Arbeitsweg, daher hatte sie ihre Wohnungen immer nahe an ihren Schulen gewählt! Sie wollte die Möglichkeit, schnell und auch zu Fuß einen Arzt erreichen zu können. Nicht, dass sie jemals ernsthaft krank war, aber es gab ihr ein gutes Gefühl, Menschen in der Wohnung nebenan zu wissen. Auch wenn es ein seltsamer, inzwischen einsamer Mann war.
Lag es daran, dass sie selbst einsam war?
Carmens Gedanken wanderten ab. Wo wollte sie einst in jungen Jahren nun in ihrem jetzigen Lebensabschnitt stehen? Was hatte sie nicht alles für große Ziele? Kann man diese auch wirklich selbst erarbeiten, erreichen? Oder sind wir nur ein Spielball unserer schicksalsergebenen Welt?

Carmen klappte die Blende vor sich herab und sah in den kleinen Kosmetikspiegel. Sie sah ihre Augen. Was sah sie? Wer war dieser Mensch, der sie da anstarrte? Carmen versuchte, sich zu analysieren. Dunkle Augen, nicht gerade vor Lebenskraft strotzend, eher müde wirkend, umrandet von kleinen Fältchen, die auf einige verlebte Stunden hinwiesen. Dazwischen kleine Stirnfalten, von zu vielen Gedanken, für ihr Alter bereits zu tief. Die Haut für die Jahreszeit zu blass, nicht eben Energie versprühend. Wer war sie nur? Kannte sie diese Frau im Spiegel? Wenn sie sich nicht selbst kannte, wie sollte ihre Schwester ihr dann vertrauen können, und sie in ihr eigenes Leben Eintritt gewähren lassen? Wie konnte sie nur so klug und überheblich über anderer Leben richten? Carmen seufzte tief auf.

Marissa lachte leise. „So schlimm kann es nicht sein, was du siehst! Hast du einen melancholischen Moment? Bin ich gar nicht gewohnt von dir! Oder gefällt dir die Landschaft nicht? Hast du schon Sehnsucht nach deiner Stadt?"

Carmen versuchte, heiter zu wirken. „Ja klar! Ich vermisse die mit Smog verseuchte Luft! Es wird mir langsam zu sauber hier!"

Marissa schenkte ihr einen fragenden Blick, drängte aber nicht weiter auf Carmen ein. Mit einem Blick in ihren Rückspiegel bemerkte sie hingegen: „Hinter uns fährt ein dunkler Van! Bei Nacht könnte man ihn auch als dunklen Geländewagen ansehen! Hat Simone nicht nach so einem Fahrzeug gefragt?"

„Hat sie … aber es gibt sicher mehr Menschen, die diese Bundesstraße mit einem dunklen größeren Wagen benutzen! Wie lange ist er denn schon hinter uns?"

„Keine Ahnung! Vielleicht seit der Stadtgrenze? Ich weiß es nicht genau!", gestand Marissa ein. „Aber im nächsten Dorf kommt eine Tankstelle, da werde ich mal abfahren!"

Carmen schmunzelte. „Simone hat dich schon angesteckt, oder? Wie findest du sie eigentlich?"

Marissa sah überrascht zu ihr, während sie den Wagen sicher von der Bundesstraße abfuhr. „Simone Liebert? Deine Polizistin? Ich kenne sie doch kaum! Und ich kann nicht einschätzen, was an ihrem Verhalten einfach taktisch in ihre Ermittlungen passt, damit sie dein und unser Vertrauen gewinnt, oder was echt an ihr ist. Wenn alles an ihr echt ist ... würde ich sie sehr nett finden und außerdem sehr attraktiv! Aber sag das bloß nicht Sabine! Und ... wie findest DU sie?"

Carmen seufzte tief auf. „Das frage ich mich, seit ich sie das erste Mal gesehen habe! Ich ... kann sie irgendwie nicht einordnen! Einerseits vertraue ich ihr so sehr, dass ich lieber bei ihr übernachte, als alleine zu Hause auszuharren und andererseits ... kann sie mir auch vermitteln, dass sie mir nicht ganz vertraut und auch an mir zweifelt!" Während Carmen laut ihre Gedanken formulierte, fragte sie sich noch mehr! Warum stellte sie sich und Marissa überhaupt diese Frage? Was erwartete sie von dieser Beamtin? Simone war einfach die Ermittlerin in einem Mordfall, in dem sie selbst in Verbindung mit den Opfern stand. Sie war zwischendurch sogar eine der Verdächtigen. Warum sollte Simone ihr bedingungslos vertrauen? Vermutlich hatte sie schon durch ihren Beruf zwischenzeitlich ihr angeborenes Vertrauen verloren und prüfte neue Menschen in ihrem Leben einfach mehr.

„Warum sollte sie dir vertrauen? Du verhältst dich nicht immer so! Manchmal muss man dir schon sehr gut zuhören und dich noch besser kennen, damit man dich versteht! Aber warum willst du denn so unbedingt, dass sie dir vertraut? Ich meine ..." Marissas Stimme stockte und Carmen ahnte die unausgesprochene Frage, doch wollte sie in diesem Augenblick einfach nicht zwischen den ausgesprochenen Worten hören! Also schwieg sie und hielt auch das weitere Schweigen und Seufzen ihrer Schwester aus. Die Tankstelle war ein modernes Monstrum, hineingesetzt in eine provinzielle Idylle, doch die Angestellten im Gebäude passten wieder sehr gut in diese Landschaft. Während Marissa die Rechnung für den aufgefüllten Tank und die beiden Pappbecher Kaffee beglich, suchte sich Carmen einen Platz in der kleinen Sitzgruppe mit Blick auf die Straße. Die Tankstelle war gut besucht, was an einem Sonntag nicht verwunderte, doch Carmen wunderte sich doch, was die Besucher alles einkauften. Fast schien es, als wäre es ein kleiner Supermarkt, in dem man alles erhalten konnte. Marissa setzte sich zu ihr. „Und ... ist der Van aufgetaucht?"

Carmen schreckte hoch. „Van? Jeder Zweite hat inzwischen einen Van! Und gediegene Farben sind auch in! Bist du dir sicher, dass es immer der gleiche Wagen war? Wie lange fahren wir denn noch?"

„Vielleicht eine viertel Stunde! Und ich bin mir sicher, dass es ein Wagen war! Aber ich bin froh, dass wir ihn loshaben! Ich ruf nur noch schnell Sabine an, dass wir gleich da sind!"

Carmen sah ihr hinterher, wie sie sich einige Meter entfernte und lächelnd in ihr Handy unverständliche Worte murmelte. Marissa sah auf eine ungewohnte Art zufrieden und glücklich aus. Carmen wurde es warm ums Herz, sie entspannte sich sogar selbst ein wenig und beobachtete interessiert weiter ihre Schwester. Was war nur zwischen ihnen geschehen? Waren ihre Eltern die einzige Verbindung oder verband sie doch mehr? Wann hatte Carmen aufgehört, ihrer Schwester zu zuhören oder ihr nur dieses Gefühl zu geben? Hatte sie sich je für Marissa interessiert? War es ihr wichtig, was diese Frau von ihr hielt oder war diese Schwester zu selbstverständlich? Wie war eigentlich ihr Verhältnis in ihrer Kindheit? Carmen war die Ältere, und je mehr sie darüber nachdachte, desto mehr wurde ihr in diesem Augenblick bewusst, dass sie sich einfach nicht mehr erinnerte. Natürlich gab es Erinnerungen an Familienfeste, doch was für Interessen hatte Marissa eigentlich?

Marissa kehrte zu ihr an den Tisch zurück, nahm noch einen Schluck aus ihrem Becher und schlug sogleich vor, weiter zu fahren. Sie bemerkte nicht, dass Carmen ihr, vollkommen in ihre Gedanken versunken, in sich gekehrt folgte. Auch als sie bereits wieder auf der Straße waren, grübelte Carmen noch immer ohne Erfolg in ihren Erinnerungen. Sie war schockiert über sich selbst. Wer war sie nur? Carmen wusste es einfach nicht mehr! Wusste sie es jemals? „Ach je ... da vorne ist ein Unfall! Hoffentlich kommen wir da vorbei!", bemerkte Marissa fluchend und riss Carmen damit in die Wirklichkeit zurück. Carmen suchte die Fahrbahn vor ihnen mit ihren Blicken ab. Sie erkannte einen dunklen, größeren Wagen, etwas quer zur Fahrbahn stehend und diese damit vollkommen blockierend. Das Warnblinksystem war aktiviert und etwa fünfzig Meter vor dem Fahrzeug ein Warndreieck aufgestellt.

„Vielleicht brauchen sie ja Hilfe!", stellte Carmen fragend in den Raum.

Marissa zögerte. „Ich weiß nicht ... vielleicht ... aber wenn nicht? Es könnte doch auch eine Falle sein!"

Carmen musste unvermittelt lachen. „Glaubst du das im Ernst? Warum sollte uns denn jemand eine Falle stellen?"

„Warum wurde Anita, dein Chef und dieser Journalist umgebracht?!", zischte Marissa wütend. „Ich weiß es nicht, aber ich will ihnen auch nicht ins Jenseits folgen!" Dabei riss sie so rasant das Lenkrad herum, dass Carmen gegen das Fenster geschleudert wurde.

Mit schmerzverzerrtem Gesicht bemerkte sie, dass sie wieder in die entgegengesetzte Richtung fuhren. „Fahren wir nun doch nicht auf diesen Bauernhof? Was ist denn los?"

Marissa sah mit besorgten Blicken immer wieder in den Rückspiegel. „Dieser Wagen, der angeblich unsere Hilfe nötig hatte, folgt uns jetzt, Carmen! Wir fahren am Besten wieder zurück zur Polizei! Ruf Simone an! Sofort!"

Carmens Puls erhöhte sich schlagartig. Sie suchte in ihrer Tasche nach ihrem Handy und tippte mit zittriger Hand wild das Adressbuch nach dem Namen Liebert ab. Als sie ihn endlich fand, wurde sie wieder durch ein abruptes Lenkmanöver in ihrem Sitz hin und her geschleudert. Trotzdem konnte sie noch die kleine Taste mit dem grünen Hörer drücken, einen Moment darauf hörte sie Simones Stimme mit der Freisprechfunktion. „Hallo Carmen! Ich hoffe es ist wichtig, ich bin ..."

Ungeduldig nahm Marissa ihr das Telefon aus der Hand. „Und wie wichtig es ist! Wir sind auf der B17, wieder auf dem Weg zurück, und wir haben ungewollt einen Verehrer an unserer hinteren Stoßstange! In etwa einer halben Stunde werden wir wieder in der Stadt sein! Kannst du uns helfen?"
Carmen klappte wieder ihre Sonnenblende

herunter, justierte sie so, dass sie mit dem kleinen Spiegel aus dem Heckfenster sehen konnte und wie Marissa es beschrieben hatte, konnte sie nun selbst das dunkle Fahrzeug hinter ihnen entdecken. Während sie verzweifelt versuchte, den Fahrer, und es war deutlich ein Mann, zu erkennen, lauschte sie auch den weiteren Worten ihrer Schwester. „Du kommst uns entgegen? Gut ... dann treffen wir uns doch bei dem neuen Möbelhaus im Restaurant! In aller Öffentlichkeit sind wir ganz sicher weniger in Gefahr als auf einem leeren Parkplatz! ... Super! Also bis dann!"

„Was hat sie gesagt? Wohin fahren wir denn jetzt?", fragte Carmen ungeduldig.

Marissa klärte sie mit einer entspannteren Stimme auf. „In diesem neuen Möbelhaus, gleich an dieser Bundesstraße! Simone kommt da hin! Kannst du mir einen Gefallen tun, und Sabine anrufen? Es wird gleich zweispurig, und da will ich Gas geben! Vielleicht hängen wir den Typen ein wenig ab!"

„Gute Idee! Und was soll ich ihr sagen?", fragte Carmen überfordert.

Marissa konnte trotz der Situation noch ein wenig lachen. „Schwesterchen, ich habe uns bereits angekündigt! Vermutlich wartet sie bereits an der Türe und sehnt sich nach mir!"

Verlegen nahm Carmen ihrer Schwester deren Handy aus der Hand und wählte die bereits vorgewählte Nummer an. Eine ungeduldige aber warme Stimme meldete sich. „Süße, wo bleibt ihr?"

„Ähm ... hallo ... hier ist Carmen ... ich bin ..."

„Ach ... hallo Carmen! Ich bin Sabine! Ich hoffe, Marissa hat dich endlich über mich aufgeklärt! Wo bleibt ihr denn?"

„Wir mussten umdrehen und sind nun wieder auf dem Weg zurück in die Stadt!", versuchte Carmen zu verharmlosen. Wie viel wusste diese Frau über ihre Probleme und wie viel sollte sie ihr sagen? Marissas Anweisungen waren nur wage und diese war auch nicht ansprechbar, da der Wagen zwischenzeitlich auf über zweihundert Stundenkilometer beschleunigt war. Carmen musste sich selbst behelfen, was ihr bis vor wenigen Tagen auch nicht schwer viel. Sie atmete tief durch, als sie Sabines Zweifel spürte. „Wir konnten an einem Unfall nicht vorbei, und als wir wendeten, war ein dunkler Wagen hinter uns, der uns verfolgt. Wir sind nun auf dem Weg zu einem Treffpunkt mit einer Polizistin!"

Für eine Sekunde schwieg Sabine, doch sie fand sehr schnell rationelle Worte. „Gut, dann seit vorsichtig ... und Marissa soll mich so bald wie möglich anrufen! Sie hat mir zwar erzählt, dass in deinem Umfeld einige Todesfälle vorgekommen sind, aber ich ... habe nicht geahnt, wie nahe die Bedrohung an euch ist! Aber vertraue Marissa! Sie weiß sicher, was zu tun ist!"

„Oh ja ... ich vertraue ihr!", fühlte Carmen in diesem Moment tatsächlich. „Sie meldet sich so bald wie möglich! Versprochen!"

Als sie das Gespräch beendet hatte, lenkte Marissa den Wagen bereits auf den Parkplatz des Möbelhauses. „Sie will, dass du sie so bald wie möglich zurückrufst!", fasste Carmen das Gespräch knapp zusammen.

Marissa lächelte. „Dann macht sie sich aber wirklich Sorgen! Das hat sie noch nie gesagt!"

Carmen indes war bereits auf der Suche. „Ich hoffe, dass Simone bald da ist! Hast du ihren Wagen schon gesehen?"

„Ich weiß ja nicht einmal genau, was für einen sie hat! Halte lieber nach diesem Van Ausschau!", beschwerte sich Marissa lächelnd. „Keine Sorge, Simone lässt alles stehen und liegen und eilt zu dir! Sie ist doch von ihrem Präsidium in einer viertel Stunde hier! Rechnen wir noch ein paar Minuten für den Weg in die Tiefgarage dazu, dann trifft sie gleich ein oder ist bereits irgendwo hier! Aber es sicher besser, wenn wir gleich ins Restaurant gehen! Hast du nicht auch Hunger?"

„Warum hat der Laden heute überhaupt auf?", wunderte sich Carmen plötzlich über den überfüllten Parkplatz.

Doch Marissa hatte trotzdem einen guten Platz ergattern können. „Marktsonntag!", klärte sie knapp ihre Schwester auf. „Lass uns endlich hineingehen!", drängte sie weiter.

Carmen musste wieder einmal folgen. Warum waren plötzlich alle anderen Menschen für sie zu schnell? Carmen hatte dabei nicht das Gefühl, dass dies sich auf die körperliche Fitness beschränkte, sondern auch, dass sie in den letzten Tagen nur noch reagierte. Wer konnte sie aus der Ferne so einfach zu Verhalten zwingen, die ihr völlig fremd waren? Sie musste ihre Fragen hinten anstellen und ihre gesamte Konzentration darauf verwenden, Marissa in dem Getümmel des klimatisierten Gebäudes nicht zu verlieren! Sie ließen sich von dem Strom in das ersehnte Restaurant führen und schlossen sich dort einer bereits langen Schlange an. Es war unglaublich, wie viele Menschen ihren sonnigen Sonntag in einem Möbelhaus verbringen wollten. Carmen sehnte sich bereits wieder aus diesen Hallen, doch sie mussten warten, dass Simone zu ihnen stoßen würde. Nachdem sie endlich jeweils ihren Snack bezahlen durften und einen Platz gefunden hatten, fand Carmen auch endlich wieder die Gelegenheit ihre Gedanken laut zu formulieren. „Hast du jemanden im Rückspiegel erkannt? Ich habe nur gesehen, dass es ein Mann mittleren Alters war!"

Marissa wollte eben ansetzen, ihre Beobachtungen zusammenzufassen, da setzte sich ungefragt ein grau melierter Mann zu ihnen an den Tisch. Carmens Herz setzte für zwei Sekunden aus und begann dann die versäumten Schläge in Windeseile nachzuholen. „Guten Tag Frau Meier! Machen Sie auch einen Einkaufsbummel?"

Marisas Gesichtsmuskeln erstarrten. Verwundert sah sie zu dem Störenfried. „Herr Dr. Witzler?"

„Wer ist das, Marissa?", wollte Carmen ungeduldig wissen.

Der ungebetene Gast erklärte seine Rolle in Marissas Leben selbst, auf eine für Carmen unangenehme Weise. „Ich bin ihr Therapeut! Hat sie mich nie erwähnt?"

Marissa errötete, sah Hilfe suchend zu Carmen, die den Ball, wieder ganz in der Rolle der beschützenden großen Schwester, auffing. „Ich finde Ihr Verhalten nicht sehr passender, besonders wenn ich weiß, welchen Beruf sie ausüben! Hat Ihre Störung einen besonderen Grund, oder wollten Sie einen sonntäglichen Small Talk halten? Wenn es, wie ich hoffe, das Letztere war, bitte ich Sie um so viel Höflichkeit, uns wieder zu verlassen!"

Dr. Witzler lachte leise, in einer fast unheimlichen Art, wie Carmen empfand. Doch sie schob diesen Gedanken wieder in die hinterste Ecke, glaubte, dass ihre Wahrnehmung auf ihre letzten Erlebnisse zurückzuführen war. „Ich wollte mich endlich einmal mit Ihnen persönlich unterhalten! Ich habe so viel von Ihnen gehört ... einfach interessant, wie uninteressant Sie eigentlich sind, und doch so großen Einfluss auf die Menschen in Ihrem Umfeld haben!"

„Ich habe Ihnen doch überhaupt nicht viel von Carmen erzählt!", protestierte Marissa.

Doch der Therapeut war vollkommen auf Carmen fixiert, schien seine Patientin nicht einmal zu hören. „Mein Bruder hat mir immer wieder von Ihnen berichtet, wie selbstherrlich Sie mit den Schülern umgehen, sie fast schon manipulieren und sie für ihre Karriereziele missbrauchen!"

„Ihr Bruder? Ich kenne keinen Witzler!", versuchte sich Carmen ernsthaft an dem aufgedrängten Gespräch zu beteiligen und hoffte noch immer, dass Simone endlich auftauchen und auch aus dieser Lage befreien würde. Was wollte dieser Therapeut nur von ihr?

„Konrad! Mein Halbbruder!", klärte Witzler sie auf. Carmens Gedanken begannen zu rasen. Marissas Therapeut hatte eine Verbindung zu ihrer Schule! Er war ein neuer Spieler in den Geschehnissen der letzten Woche! Oder war er sogar der Spielleiter? „Seit Jahren muss ich mir seine Klagen über Sie anhören! Seit Jahren sage ich ihm, dass er diese verdammte Schule verlassen soll, aber er hört einfach nicht auf mich!"

„Das ist auch nicht so einfach! Man kann als Lehrer nicht einfach wechseln, wie man will! Aber was hat er Ihnen denn erzählt, dass Sie unsere Schule so verfluchen? Ich kann mich nicht erinnern, ihrem Bruder jemals in negativer Weise gegenübertreten zu sein! Aber wenn ihm ein Verhalten an mir so stört, dann können wir ja vielleicht darüber sprechen!" Carmen versuchte wirklich, ernsthaft mit ihrem Gegenüber in Kontakt zu treten, doch sie konnte das spöttische Lächeln in seinen Mundwinkeln nicht übersehen.

„Ach ... dieser Hofmeister und seine Stellvertretung ... waren doch immer nur an ihrem Image interessiert, aber niemals an den Kindern, die ihnen anvertraut waren! Meine Tochter war Schülerin an Ihrer Schule!"

„Und sie hieß wirklich Witzler?", wunderte sich Carmen und verstand noch immer nicht die Zusammenhänge.

„Sie war keine Schülerin von Ihnen! Sie hatte diesen Heine!", schleuderte Dr. Witzler wütender hervor. „Er hat ihr vorgeschlagen, dass sie ihr Zensuren verbessern könnte, wenn sie sich mit ihm am Nachmittag treffen würde!"

„Wollen Sie andeuten ... das kann doch nicht wahr sein! Haben Sie es Hofmeister gemeldet?", steigerte sich Carmen in die angedeuteten Vorwürfe, bemerkte allerdings sehr wohl Marissas zweifelnde Blicke.

Witzlers Augen verdunkelten sich. „Er meinte, dass meine Tochter den Kommentar des Lehrers wohl missverstanden hätte und ... seine Stellvertreterin war seiner Meinung!" Carmen überlegte kurz, aber intensiv, erinnerte sich an einen Vorfall, der Jahre bereits her war und wusste, dass es einmal eine sehr ungezogene junge Dame gab, die von Konrad aber immer gestützt wurde! Vor etwa drei Jahren hatte sie aber dann doch von ihrer Lehranstalt genug und wechselte in ein Internat. Aber Carmen konnte sich einfach nicht mehr an den Nachnamen erinnern.

Marissa meldete sich zu Wort. „Und deshalb haben Sie einfach alle aus dem Weg geräumt? Was hat die Sekretärin damit zu tun? Und was wollen Sie von meiner Schwester?"

„Frau Gruber?", vergewisserte sich Witzler, dabei mit einer Geste der Sicherheit einen Fussel von seiner Hose wischend. „Sie ist auch eine Patientin! Es war leicht, sie zu überzeugen, dass Hofmeister und das Kollegium der Grund für ihre Ängste und Zweifel sind! Und noch viel leichter war es, sie zu überzeugen, mir zu helfen! Und Carmen ... Marissa, sie ist ein Geschenk von mir an Dich und natürlich an meinen Bruder! Ich weiß, wie es ist mit einer Überschwester leben zu müssen, die dein Leben nicht akzeptiert und immer wieder vorschreibt, wie du zu leben hast! Du hechelst doch nur immer nur ihrem Lob hinterher! Hast du nicht erkannt, wie schnell sie aus der Bahn geworfen wurde? Sie hat nicht alles in ihrem Leben unter Kontrolle, wie du immer meinst! Sie ist nicht die Überfrau! Im Gegenteil, bei dem kleinsten Problem winselt sie nach dir! Sie braucht dich! Sie ist auf dich angewiesen! Es macht Spaß zu beobachten, wie sie auf die kleinste Spur reagiert, wie ich es geplant habe! Sie ist ja so berechenbar!"

„Wie sind Sie an meinen Schlüssel gekommen?", fragte Carmen drängend.

Dr. Witzler grinste breit. „Frau Gruber hat mir vom ersten Satz einen Abdruck organisiert, den zweiten

Schlüssel habe ich in der letzten Sitzung von Marissa bekommen!"

Carmen schluckte tief, sah der schockierten Marissa in die Augen, doch dann wurde sie für weitere Rückfragen gehindert. „Es wäre nun schön, wenn Sie uns einfach, ohne großes Aufsehen begleiten, Herr Dr. Witzler!" Zwei Männer, die sich unauffällig für Aussenstehende, als Beamte der Kriminalpolizei auswiesen, standen wie aus dem Nichts vor dem Tisch! Oder waren sie so sehr in das Gespräch vertieft, dass sie die beiden nicht bemerkt hatten? Dann ging alles unglaublich schnell! Dr. Witzler wurde, entgegen den Wünschen der Beamten doch mit Widerstand, aus dem Haus geführt und auf dem Parkplatz in einen bereitstehenden Polizeibus geführt. Die Schwestern beobachteten die Szenerie fast schon fasziniert, aber unglaublich nachdenklich und still. Was war sein endgültiger Plan? Wollte er Carmen als krönenden Abschluss seinem Bruder auf dem Silbertablett präsentieren? Etwa eine halbe Stunde später waren die letzten Polizisten vom Parkplatz verschwunden. „Du solltest endlich Sabine anrufen!", erinnerte sich Carmen wieder lauter.

Marissa lächelte müde, zog ihr Handy aus ihrer Hose und tippte wild auf dessen Tasten ein. „Ich habe sie nicht vergessen! Aber ich wollte auch nichts verpassen! Man ist ja nicht jeden Tag Zeugin einer Verhaftung! Und du solltest mit Simone sprechen! Sie wartet da drüben an ihrem Wagen!" Carmen entdeckte sie auch, hatte es im Pulk der Menschen nicht gewagt, sie anzusprechen. Doch nun konnten sie endlich privat miteinander sprechen. Aber was sollte Carmen dieser Frau sagen? Verband sie etwas? Mehr als diese seltsamen, tragischen Todesfälle? Carmen zögerte, überlegte sich einen möglichst harmlosen Einstieg.

„Hallo Lieblingspolizistin! Hast du heute noch etwas vor, oder hast du Zeit?"

Simone Liebert lächelte, setzte sich in Bewegung und kam auf sie zu. „Ich muss noch zurück ins Präsidium! Aber heute Abend hätte ich Zeit!"

Carmen fasste ihren Mut in einer Frage zusammen. „Kommst du zu mir? Ich koche auch!"

„Oh ...", nun zögerte Simone verlegen. „Das ist keine gute Idee! Deine Wohnung sieht noch nicht gut aus und wird noch immer auf den Kopf gestellt!"

„Warum denn noch immer?", fragte Carmen zornig. „Ich will endlich wieder mein normales Leben zurück! Was braucht ihr denn noch?"

Simone starrte sie irritiert an. „Wir? Wir haben einen kleinen Sprengkörper in deinem Sofa gefunden! Sie wäre losgegangen, sobald du dich darauf gesetzt hättest! Meine Kollegen untersuchen nun auch den Rest der Wohnung, damit wir dich auch wirklich sicher zurücklassen können!"

Marissa, ihr kurzes Telefonat bereits beendet, griff wieder ein. „Gut, dann treffen wir uns heute Abend doch bei Sabine! Ich gebe dir die Adresse! Wie wäre es gegen acht?"

„Kennst du jemanden, dem eine Therapie geholfen hat?", fragte Renate.

„Ich weiß nicht ... ich kenne eigentlich niemanden ... auf jeden Fall, niemanden, der offen dazu steht! Vermutlich ist sie in unserer Gesellschaft, wie vieles, immer noch ein Tabu!" Carmen konnte sich das Verhalten von Frau Gruber noch immer nicht erklären, auch wenn eine Polizeipsychologin ihr dabei helfen wollte. „Diese Mitarbeiterin der Polizei hat es mir so erklärt. Frau Gruber erlebte, wie viele Menschen in Therapie, ein Tief. Es wurden viele emotionale Belastungen aufgewühlt, Hass baute sich auf, war noch nicht sortiert und gefiltert, geschweige denn verarbeitet!"

„Und genau in einem solchen Moment trifft sie auf diese Psychopathen ausgerechnet in Person ihres Therapeuten! Hast du sie nach ihrer Verhaftung eigentlich nochmal gesprochen?" Renate kuschelte sich in ihre Decke auf dem Sofa ein. Seit ihrer Entlassung war ihr nur noch kalt.

Carmen schob ihr eine heiße Tasse Tee näher. „Ich wollte, doch sie ließ mir mitteilen, dass sie mich nicht sehen will! Sie hat mir aber einen Brief zukommen lassen, in dem sie mich nochmals um Verzeihung bittet!"

„Wie ist eigentlich die Freundin deiner Schwester?", fragte Renate wieder typisch direkt und wechselhaft.

Carmen freute sich über die zurückgekehrte Energie. „Sehr nett ... Schon seltsam ... ich weiß wirklich wahnsinnig wenig über meine Schwester! Wir haben zwar regelmäßig telefoniert, aber offensichtlich wirklich nie miteinander geredet! Sie hat mir zwischendurch vorgeworfen, dass ich nur sehr oberflächlich Interesse an meinen Mitmenschen habe! Bin ich wirklich so, Renate?"

Renate seufzte tief auf. „Dann hätte ich dich nicht so lieb! Ich glaube, mit der Familie ist es einfach schwieriger, wirklich sich selbst treu zu bleiben. Man ist so sehr in seinen Part gefangen, dass man die lieben Familienmitglieder auch nicht enttäuschen will mit der eigenen Identität! Also spielt man lange einfach mit ... Weißt du eigentlich schon etwas von deiner Wohnung?"

„Ach ... Simone meint, dass ich bis Ende der Woche wieder rein kann!"

„Aber wenigstens bringen sie wieder alles in Ordnung!" Renates Gesicht nahm einen erzürnten Ausdruck an.

Carmen grinste schelmisch. „Ich weiß nicht, ob die Aktion nicht eine Privatreinigung von Simone ist! Marissas Freundin meinte, dass es nach Durchsuchungen nicht üblich sei, dass alles von der Polizei aufgeräumt werden würde!"

Es klingelte, Renate sprang schnell hoch und kommentierte auf dem Weg zur Tür, kaum verständlich: „Was für ein Glück!"

„Erwartest du Besuch?", rief Carmen ihr hinterher. Doch Renate hörte sie entweder nicht mehr, oder wollte sie nicht mehr hören. Sie öffnete bereits die Wohnungstüre mit einem freudigen „Hallo" und gewährte einer weiblichen Person Zutritt. Noch ehe sich Carmen neugierig erheben konnte, wurde sie bereits aufgeklärt.

„Ich habe Simone zum Essen eingeladen! Ich dachte, das freut dich! Oder hast du etwas dagegen? Aber wenn, dann ist es nun auch zu spät, denn sie ist ja nun da!", plapperte Renate, sichtlich freudig erregt, mit hochroten Wangen auf Carmen ein.

Simone lachte in ihrem Rücken. „Ich glaube, Carmen hätte so viel Anstand, dass sie sich nicht vor mir beschweren würde!"

„Du ahnst nicht, wie direkt sie sein kann!", jammerte nun Renate künstlich.

Carmen seufzte. „Nur, wenn man mich provoziert wie du! Aber ehrlich gesagt, freue ich mich! Wie war deine restliche Woche?"

„Ach ganz gut! Jetzt ist alles mehr oder weniger nur noch Schreibkram und heute kam schon der nächste Fall auf den Tisch!" Simone ließ sich in den Sessel gegenüber Carmen fallen. „Wie geht's deinen Kollegen mit dir als neuen Vorgesetzten?"

Carmen lächelte. „Wir hatten diese Woche andere Probleme! Immerhin waren wir auf zwei Beerdigungen ... und nun sind bald Ferien! Wir treffen uns in vier Wochen wieder, dann wollen wir neu durchstarten!"

„Wie ging es dir beim Abschied von Anita?", fragte Simone einfühlsam.

„Ich habe sie versucht abzulenken!", mischte sich Renate lautstark ein. „Ihr Mann war völlig am Ende, hat Carmen sogar noch beschimpft und versucht, sie vom Grab zu verscheuchen."

„Echt? Ist ja unglaublich!" Simone richtete sich auf und sah nun nur noch Carmen an. Renate fühlte wohl, dass sie störte, denn sie verabschiedete sich schon wieder, murmelte, dass sie sich um das Essen kümmern wollte und verschwand. „Und? Geht's denn? Wen vermisst du mehr? Anita, deinen Chef oder einfach nur dein ganz normales Leben?"

„Mein ganz normales Leben? Ich glaube, das habe ich schon lange verloren, es nur noch nicht gemerkt! Irgendwann ist es bei meiner Reise aus dem Wagen ausgestiegen, ohne dass ich es beachtet hätte und nun muss ich auch nicht mehr anfangen, danach zu suchen. Es ist schon so lange weg, dass es nicht mehr zurückkehrt! Anita? Ja! Sie vermisse ich! Es war so ... unfassbar! Es ist so unfassbar, dass sie nicht mehr da ist! Einfach unglaublich! Ich weiß nicht, wann ich es je verstehen werde!"

„Du kannst nicht alles verstehen, Carmen! Wenn du das versuchst, wirst du verzweifeln!" Simone lehnte sich in die tiefen Kissen in ihrem Rücken zurück und streifte mit ihren Händen durch ihr Haar. „Glaub mir, nicht alles auf dieser Welt ist erklärbar! Was hast du in den nächsten Wochen vor? Fährst du weg?"

Carmen benötigte einen Augenblick, Carmens Worte zu verarbeiten. Geistesabwesend antwortete sie: „Wir ... meine Schwester und ich haben von unseren Eltern ein Haus in der Toscana geerbt ... vielleicht fahren wir da hin! Vielleicht lernen wir uns dann endlich besser kennen"

„Musst du es unbedingt? Muss Marissa dich noch besser kennen? Oder du sie einfach nur akzeptieren? Kennst du sie denn nicht genug?"

„Gute Frage! Ich werde darüber nachdenken!" Carmen wollte endlich wieder ein leichteres Gesprächsthema finden, zu anstrengend waren die vergangenen Tage. „Und ... kannst du dich noch an dein Versprechen erinnern?"

„Was für ein Versprechen?", fragte sich Simone grübelnd.

„Wir wollten miteinander fern sehen! Und zufällig hat Renate auch eine Staffel davon hier!", erklärte Carmen verschmitzt.

Simones Stirn faltete sich noch nachdenklicher. „Ich weiß es wirklich nicht mehr! Was meinst du denn nur?"

„CSI!", klärte Renate sie laut rufend aus der Küche auf, und verriet damit ihre Lauschattacke.

„Oh je ...", seufzte Simone tief. „Stimmt ja ... na gut, eine Folge!"

„Schön!", freute sich Carmen, aber mehr darüber, dass sie nun endlich Zeit gewann, über Simones Worte in Ruhe nachzudenken. „Dann lass uns eine Folge ansehen! Renate willst du auch?"

„Ne, ne! Macht es euch gemütlich, dann habe ich hier meine Ruhe und kann entspannt kochen!", rief diese zurück und schloss endgültig die Türe.

Als der Abspann lief, wusste Carmen endlich eine Antwort. Simone rekelte sich und dehnte ihre Glieder, aus der Küche dufteten bereits verlockende Essensgerüche, Renate ließ auch schon verlauten, dass sie in etwa fünf Minuten zum Essen erscheinen dürften. „So schlecht ist die Serie gar nicht ... wenn auch sehr fern von der Realität!", gestand Simone ein. „Könnte ich sogar öfters ansehen!"

Carmen fasste ihren ganzen Mut mit den Gedanken der letzten Stunden in ihre Worte.
„Ich ... wollte bisher immer, dass Menschen meine Entscheidungen auch verstehen, vielleicht habe ich deshalb auch so viele vor den Kopf gestoßen. Respekt? Ich weiß nicht, ob ich Marissa immer respektiert habe ... manchmal war ich schon sehr

bevormundend und einfach lehrerhaft! Furchtbar! Vermutlich keimte deshalb bei ihr so eine große Wut auf! Aber ich will versuchen, einiges in einem neuen Licht zu sehen! Du hast schon recht ... man verzweifelt nur, wenn man jeden und alles verstehen will! Seltsam, in meinem Beruf gelingt es mir meistens schon!"

„Und in der Familie nicht?", hakte Simone neugierig ein.

Carmen atmete tief ein. „Familie? Ich habe doch außer meiner Schwester keine mehr! Ich habe dieses Problem immer, wenn mir ein Mensch auf der emotionalen Ebene zu nahe kommt!"

„Deswegen hältst du die meisten auf Distanz! Wie soll es denn nun mit uns weiter gehen?", fragte Simone plötzlich ganz direkt!

Carmen lächelte. „Ich habe bei mir zu Hause alle Staffeln! Wie wäre es nächste Woche zu einem DVD-Abend? Meine Wohnung soll dann wieder bewohnbar sein!"

„Gut, machen wir!", willigte Simone ein und frech grinsend ergänzte sie: „Ein DVD-Abend ist auch nicht so persönlich, als dass du in Gefahr kommst, dich zu sehr öffnen zu müssen! Und du kannst dich dann gleich direkt bei mir beschweren, wenn du etwas nicht wieder finden solltest!"

Carmen lachte. „Seit die Polizei in mein Leben getreten ist, habe ich nur Ärger! "

„Oh nein! Hast du es immer noch nicht gelernt?", widersprach Simone noch immer grinsend.

„Was sollte ich denn lernen?"

„Lektion Nummer eins: Die Polizei macht nicht Ärger, sie kommt, wenn du schon Ärger am Hals hast!", klärte sie die Beamtin auf. „Übrigens, ich habe noch etwas für dich!"

Carmen richtete sich fragend auf. „Was denn? Noch mehr Lektionen? Es ist nicht gut, Lehrkräfte belehren zu wollen! Wir sind das doch nicht gewohnt!"

„Das ist bei euch wirklich eine sehr anstrengende Eigenschaft!", bestätigte Simone schelmisch. „Keine Lektion ... Die Kopie von Anitas Tagebuch!", erklärte sie und holte ein Bündel Papier aus ihrer Umhängetasche. „Willst du es?"

Carmen sah wie gebannt auf die Papiere, überlegte kurz und beschloss mit einem tiefen Atemzug: „Nein, lieber nicht!"

Simone war sehr überrascht. „Warum denn nicht?"

„Wenn Anita gewollt hätte, dass ich diese Worte erfahren hätte sollen, hätte sie es mir gesagt! Wir waren Freunde! Wirkliche Freunde! Da ist es nicht nötig, dass man mit Worten hinter dem Berg hält! Das sind Worte, die nur für Anita wichtig waren! Was sie mir sagen wollte, hat sie gesagt! Das ist meine Lektion, die ich begriffen habe!"

Lektionen erhalten wir Tag für Tag,
Stunde für Stunde,
mit jeder Erfahrung, die wir erfahren dürfen!
Was für ein Glück, wenn es gute sind!

Hat Ihnen dieses Buch gefallen?
Mehr Informationen zu weiteren Projekten der Autorin
unter **www.worte-in-wachs.de**

Bisher erschienen:

Das Geschenk
ISBN-13: 97 83837 00 8630

Romantischer Liebesroman über eine Frau, die erst durch einen
Unfall auf ihrer Flucht vor dem Glück aufgehalten wird. Was ist
eigentlich Glück? Was bereitet uns so große Angst, ihm eine
Chance zu geben? Franziska versucht, ihre Oberflächlichkeit zu
überwinden und sich ihren Ängsten zu stellen.
Einfühlsam, fesselnd und mitreißend.

PASSION – Wenn Liebe Grenzen überschreiten lässt
ISBN-13: 9 783837 004861

Eine knisternd spannende Geschichte über drei Frauen mit
dramatischen und überraschenden Wendungen!
Leidenschaft und Liebe können vieles in uns erwecken.
Auch Grenzen in unseren Wahrnehmungen, Werten und
Lebenseinstellungen können durch sie neu geordnet oder sogar
vollkommen verändert werden.

„Liebe to go?!" – Mit einem Klick zur Liebe?
ISBN-13: 97 83837 047226

Eine Betrachtung des neuen Umgangs mit dem Begriff „Liebe"
in unserer heutigen, elektronischen Zeit!
Vielschichtige, tiefe Einblicke in die Gedanken der Hauptfigur
Katharina werden gewährt, die sich plötzlich unvermittelt in
einer neuen Welt wiederfindet.
Muss man immer in einer Beziehung glücklich sein? Was findet
man eigentlich in den Single-Börsen und beworbenen
Partneragenturen? Das große Glück?
Für jede Leserin ein „Muss", die Spannung, Rätsel und auch
etwas Romantik liebt!

So gesehen ... - Lenarda´s Augenblicke
ISBN-13: 97 83837 065367

Lenarda zieht zurück in ihre Heimat, um dort die Kanzlei ihres Vaters zu übernehmen. In ihrem alten Leben hat sie nichts mehr zurückgehalten, der Zeitpunkt für einen Neuanfang ist ideal! Sie muss in diesem neuen Leben erst wieder ankommen, kämpft noch mit der Überwindung der Nachfolgen ihrer überstandenen Krankheit und der beendeten Partnerschaft.

Auch für jede, die „Das Geschenk" bereits kennt, eine ganz neue Geschichte! Neue Erkenntnisse, neue Einsichten und ganz eigene Augenblicke versprechen eine neue Welt! Lenarda´s Welt!

Lebens(t)räume - Trau dich träumen ...
ISBN-13: 97 8383 7037340

Ist ein Traum real? Irreal? Du kannst verträumt sein und sich einfach aus dem grauen Alltag wegträumen. Man kann durch traumatische Erlebnisse, traurig trauern und sich nicht mehr trauen, zu träumen! Manchmal verliert man auch einfach nur sein Vertrauen in sich selbst oder in andere!Man traut sich nicht mehr zu, sich auf die Reise des eigenen Lebenstraums zu begeben!

Zwei Frauen leben in ihren eigenen Räumen! Auf ihre ganz eigene Art und Weise, mit sehr unterschiedlichen Ansätzen, die Rätsel es Lebens zu bewältigen. Als eine von beiden die Mauern ihre eigene Welt durchbrechen will, treffen sie aufeinander. Können Sie einen gemeinsamen Raum zum Träumen finden?

Gefällt Ihnen das Cover?

Mehr Informationen zu weiteren Werken der Künstlerin

Christine Maria Lampe

unter

www.christinelampe.de

www.worte-in-wachs.de

Tauchen Sie ein in eine Welt,
in der Worte in Wachs verschmelzen,
Bilder zu Worten werden,
kleine Romanzen der Seele schmeicheln!